CAMERON'S RETTUNG

RED LODGE BÄREN - 4

KAYLA GABRIEL

Cameron's Rettung

Copyright © 2020 by Kayla Gabriel
Alle Rechte vorbehalten. Kein Teil dieses Buches darf in irgendeiner Form oder mit irgendwelchen Mitteln ohne ausdrückliche, schriftliche Erlaubnis der Autorin elektronisch, digital oder analog reproduziert oder übertragen werden, einschließlich, aber nicht beschränkt auf, Fotokopieren, Aufzeichnen, Scannen oder Verwendung diverser Datenspeicher- und Abrufsysteme.

Veröffentlicht von Kayla Gabriel als KSA Publishing Consultants, Inc.
Gabriel, Kayla

Cameron's Rettung

Coverdesign: Kayla Gabriel
Foto/Bildnachweis: Deposit Photos: peterwey

Anmerkung des Verlegers: Dieses Buch ist *ausschließlich für erwachsene Leser* bestimmt. Sexuelle Aktivitäten, wie das Hintern versohlen, die in diesem Buch vorkommen, sind reine Fantasien, die für Erwachsene gedacht sind und die weder von der Autorin noch vom Herausgeber befürwortet oder ermutigt werden.

SCHNAPP DIR EIN KOSTENLOSES BUCH!

MELDE DICH FÜR MEINEN NEWSLETTER AN UND ERFAHRE ALS ERSTE(R) VON NEUEN VERÖFFENTLICHUNGEN, KOSTENLOSEN BÜCHERN, RABATTAKTIONEN UND ANDEREN GEWINNSPIELEN.

kostenloseparanormaleromantik.com

1

Alex Hansard hatte sich noch nie so fehl am Platz gefühlt, als sie in der steifen Rechtsanwaltskanzlei von Herrn Magnus Turner, Esquire, Rechtsanwalt und Mitglied des Berseker Alpharats saß. Und genau dieser Mann sah sie jetzt mit einem eindeutig missbilligenden Blick an, während er durch den Stapel der ordentlich gebündelten Dokumente blätterte, die sie ihm gegeben hatte. Sie zeigten die Position an, die sie darstellte und die Petition, von der sie hoffte, dass er sie unterschreiben würde. Alex brauchte Herrn Turner, um der erste Alpha Berserker zu sein, der an ihrem Anliegen interessiert war und der ihr half, ihre Kampagne für Gleichberechtigung aufs nächste Level zu bringen; Vorstellung und Petition beim Alpha Rat, der Regierungsbehörde aller Berserker in den Vereinigten Staaten.

Obwohl sie sich der Angelegenheit entsprechend richtig angezogen hatte, indem sie ihren kurvigen Körper mit einem maßgeschneiderten schwarzen Bleistiftrock und einem weiblichen, cremefarbenen seidenen Frackhemd bedeckt hatte, gepaart mit schnittigen schwarzen Stöckelschuhen. Alex fühlte sich dennoch nicht angemessen gekleidet, als sie auf ihre elegant gekleidete Gesellschaft starrte.

Ihre Hand fuhr hoch und berührte die sorgfältig hochgesteckten Locken und vergewisserte sich, dass nicht eine einzige rothaarige Locke aus der Reihe tanzte. Sie erschrak, als sie erkannte, dass sie sich tatsächlich nervös verhielt, und zog ihre Hand wieder zurück auf ihren Schoss. Sie schürzte ihre Lippen und starrte den Mann hinter dem großen Eichentisch an.

„Das erste Problem bei Ihrem Fall, Fräulein Hansard, ist einfach, dass Berserker nicht mit demselben Gesetz wie Menschen regiert werden. Sie nutzen das menschliche Gesetz und Logik in Ihren Argumenten und das passt nicht zum Alpharat", keuchte Herr Turner und warf Alex einen langen Blick über die Spitze seiner dicken Brillengläser hinweg zu. Sein Haar war fast silbern und wurde schon weiß, sein Körperbau war schon ein wenig in Mitleidenschaft gezogen, aber seine stechenden, grauen Augen knisterten vor Intelligenz.

Alex zappelte auf ihrem starren Lederstuhl herum und ließ ihren Blick in Herrn Turners dunkel gehaltenem Büro herumwandern. Als regierendes Mitglied des Alpharats und als lebenslanger Anwalt, war Turner ein hervorragender Experte im Berserker Gesetz. Er war auch ein Freund von Gregor England, der Berserker, der Alex heute hier hergebracht hatte, um ihren Fall zu präsentieren.

Gregor saß jetzt neben ihr, trug einen makellosen dunklen Anzug und sah sehr flott aus, ihm stand sein Alter besser als Turner. Gregor war erst vierzig im Gegensatz zu Turners 60 Jahren und war immer noch stramm und jung aussehend. Dunkles Haar, gebräunte Haut und ein freundliches Lächeln. Nur seine unverwechselbaren koboldblauen Augen gaben das Geheimnis preis, das er und Alex teilten.

Alex wandte ihren Blick von dem Alpha ab, der während der letzten Monate so einen Tumult in ihrem Leben verursacht hatte und wandte ihre Gedanken wieder dem aktuellen Thema zu.

„Und das zweite Problem?", fragte Alex und hob ihren Blick, um Herrn Turners zu treffen.

„Das zweite Problem ist das Thema. Berserkers werden von Alphas beherrscht, Alphas sind grundsätzlich männlich. Es gibt nicht viele Alphas, die daran interessiert sind, neue Rechte zugunsten von Frauen und Mischlingen einzuführen", seufzte Herr Turner.

Alex spürte, wie ihr Gesicht rot wurde, als neue Wut in ihr aufstieg. Als Mitglied beider Kategorien, als Frau und halber Werbär verübelte sie Turners Worte, sogar als sie ihre Wahrheit erkannte.

„Es gibt mehr Frauen, als Männer auf der Welt, Herr Turner", sagte Alex und hielt ihren Ton ausgeglichen. „Sogar in der Werbär Gemeinde, sind Frauen leicht in der Überzahl. Was Mischlinge angeht, da sind es viel mehr von uns als Sie vielleicht erkannt haben."

Alex räusperte sich und drückte sich in ihren Sitz, stolz drückte sie ihr Rückgrat durch.

Obwohl sie erst vor ein paar Jahren von ihrem Werbär Erbe erfahren hatte und sie ihre Beziehung zu Gregor England erst vor ein paar Monaten entdeckt hatte, fühlte sie sich stark für die Anliegen der Berserker. Der Alphacode war veraltet und überholt, nicht vereinbar mit der menschlichen Lehre in Nordamerika.

Turner warf ihr einen weiteren unergründlichen, suchenden Blick zu. Das Gewicht dieser langsamen Betrachtung ließ Alex nervös werden und sie fühlte sich wie eine reinrassige Preisträgerin, die vor dem Verkauf untersucht wurde. Der Blick war genau der, den Alex an den Werbär Gesetzen hasste; sie war kein Objekt, etwas das einem Ehemann oder einem Vater oder einem Alpha gehörte. Sie hatte ein Leben und einen Job und eine Existenz. Sie war mehr wert, als die Summe der Teile oder der Form ihres Körpers, mehr als nur ihre Fähigkeit, Nachwuchs in der Beserker Linie zu erzeugen.

„Darf ich Ihnen eine persönliche Frage stellen, Miss Hansard?", fragte Herr Turner und sein Ton war ruhig.

Alex verschränkte ihre Hände auf

ihrem Schoss, um keine verärgerte Geste zu machen.

„Sicherlich, warum nicht?", seufzte sie und presste ihre Lippen zusammen.

„Können Sie sich verwandeln?", fragte er.

Alex Lippen teilten sich vor Überraschung. Das war nicht die Frage, die sie in diesem Moment erwartet hatte.

„Ja", sagte sie mit einem Seufzen. „Obwohl ich mir nicht sicher bin, warum das wichtig ist."

„Haben Sie sich schon in frühem Alter verwandelt, so wie die meisten unserer Art?"

Alex runzelte die Stirn und hielt ihre Wut im Zaum.

„Nicht ehe ich vierzehn war", sagte sie schließlich.

„Glauben Sie, Ihre Kinder werden sich verwandeln können? Glauben Sie, sie werden vollblütig sein? Was, wenn Sie einen weiteren Mischling als Partner nehmen? Was wird dann passieren?", fragte Herr Turner und stellte seine Fragen kurz und knapp.

Alex stand verärgert auf und registrierte kaum die Tatsache, dass Gregor ihr nicht folgte.

„Ich glaube, wir sind hier fertig. Sie müssen nicht unverschämt werden, nur weil Sie mit meiner Idee nicht einverstanden sind", sagte sie und warf ihm ihren gebieterischen Blick zu.

„Verzeihung Fräulein Hansard", erwiderte Turner und hob seine Hände. „Ich stelle Ihnen nur die Fragen, die jeder Alpha im Rat Sie fragen würde. Ich bringe das zur Sprache, weil Ihr persönliches Erbe das dritte Problem bei Ihrem Anliegen ist."

„Meine Gene gehen niemanden etwas an", keifte Alex.

„Wenn Sie wieder Platz nehmen würden", sagte Turner und zeigte auf den Stuhl, von dem sie aufgestanden war.

Alex schaute Gregor an, der ausdruckslos zuckte. Sie knurrte, als sie erneut ihren Platz einnahm, Ungeduld brodelte in ihrer Brust.

„Alphas geht es nur um Macht und Erbe, Alexandra. Indem Sie die Rechte der Frauen und Mischlinge erhöhen, riskieren Sie die Macht der Alphas und das Erbe. Dabei haben Sie selbst gar keine Abstammungslinie. Um ehrlich zu sein, eine uneheliche Mischlingsfrau... Es gibt zu viele Faktoren, die gegen Sie sprechen."

„Und was schlagen Sie vor? Soll ich mich wie ein Mann anziehen? Soll ich lügen, dass ich keine menschliche Mutter habe? Ich kann die beiden Dinge nicht ändern und ich will sie auch nicht ändern."

„Ich schlage vor, dass Sie sich überlegen rechtmäßig zu werden", sagte Turner und verschränkte seine Arme und lehnte sich in seinen Sitz.

Alex fühlte den Schweiß auf ihrer Stirn ausbrechen und es brauchte ihre ganze Willenskraft, sich nicht mit einem argwöhnischen Blick zu Gregor umzudrehen. Hatte Gregor ihre Beziehung Turner gegenüber ohne ihre Erlaubnis erwähnt? Sie war sehr offen gewesen mit ihren Wünschen, nicht beansprucht zu werden.

„Ich glaube, ich verstehe Sie nicht", sagte Alex und hielt ihre Worte wohlüberlegt.

„Suchen Sie sich einen Partner, Fräulein Hansard. Nicht irgendeinen Partner, einen Erben. Jemand, der schon bald ein Alpha sein wird. Ein Partner mit der Macht, Ihren Anspruch zu stärken, gibt Ihnen einen Vorteil, wenn er einen Sitz im Alpha-Rat einnimmt."

„Das ist doch albern", schnaubte Alex. „Ich werde nicht heiraten, nur weil Sie glauben, dass das dabei hilft, einen Haufen älterer Männer zu überzeugen."

Turners Blick wurde hart und er stand auf. Noch ehe er sprechen konnte, stand Gregor auf und ging dazwischen.

„Magnus, ich danke dir", sagte Gregor und bot Turner seine Hand. Eine schlaue Art, Alex daran zu erinnern, dass sie nur wegen Gregors gutem Willen hier war und dass sie versprochen hatte, die reine Höflichkeit während dieses Gesprächs zu sein.

„Ja, Herr Turner, danke Ihnen. Ich entschuldige mich für meine Unhöflichkeit. Ich bin nur ... sehr leidenschaftlich mit meinem Anliegen", sagte Alex und brachte die erzwungene Entschuldigung hervor, ehe sie es völlig vermasselte.

Turner entspannte sich ein wenig und akzeptierte ihren Händedruck.

„Ich gebe Ihnen den besten Rat, den ich habe, tut mir leid", sagte er. „Ich persönlich glaube, Sie haben recht damit, wenn Sie einige Berserker Gesetze modernisieren wollen."

Er klopfte auf ein großes Buch auf seinem Tisch, ein Schinken eingeschlagen in uraltem braunem Leder, seine persönliche Kopie des Alpha Codes.

„Okay. Na ja, ich werde über Ihren Rat nachdenken", erwiderte Alex und setzte ein sorgfältiges Lächeln auf.

Jemand klopfte an der Tür und eine kleine, blonde Sekretärin steckte ihren Kopf hinein.

„Ihr zwei Uhr Termin ist da, Herr Turner", sagte die Frau.

„Ah. Ein Landstreit", sagte Turner zu Alex und Gregor. „Ihr müsst mich entschuldigen".

„Vielen Dank für deine Zeit", sagte Gregor. Alex machte ihn nach und war bereits gelangweilt von dem Austausch. Nach einer weiteren Runde Händeschütteln, waren sie frei und traten aus der protzigen Lobby im Erdgeschoss von Turners Bürogebäude.

„Ein Büro in der Druckerzeile", meckerte Alex. „Das ist altes Chicago-Geld für dich. Turner hat offenbar mehr Geld als Verstand."

„Alex, alle Chicago Alphas sind so. Turner ist tatsächlich der fortschrittlichste des Haufens, deswegen habe ich dich hierhergebracht, um mit ihm zu sprechen. Sie sind alle konservativer alter Geldadel. Du würdest wissen was das heißt, wenn du jemals zustimmst unseren Vater zu treffen", seufzte Gregor.

Alex versteifte sich. Sie wirbelte herum, um ihren Bruder anzustarren, Wut stieg aus dem dunklen Platz in ihrem Herzen auf, wo sie ihre Gefühle über ihre geheimen Eltern verschlossen hatte.

„Ich will nicht wieder irgendein missratenes Kind sein, Gregor. Unser Vater weiß von mir. Meine leibliche Mutter hat ihm alles erzählt, sogar die Tatsache, dass sie nicht für ein Kind bereit gewesen war und geplant hatte, es zur Adoption frei zu geben. Er hat mich sieben Jahre in die Obhut des Jugendamts gegeben. Wenn meine Adoptiveltern nicht gewesen wären, wer weiß wo ich dann heute wäre?

„Alex ... es tut mir leid, dass dir das passiert ist. Wenn es hilft, ich weiß, dass er ein Auge auf dich behalten hat, um sicherzugehen, dass man sich um dich kümmert."

Gregor konnte sie nicht richtig dabei

ansehen, als er diese Worte aussprach. Ein hässliches Lachen entwich Alex Lippen und sie schüttelte ihren Kopf.

„Ich glaube nicht, dass jemand auf mich aufgepasst hat, als Fräulein Legens sich um mich gekümmert hat. Sie hat mich immer mit einem Holzlöffel geschlagen, wenn ich ungeeignete Grammatik benutzt habe. Und die Sharpes erst..." Alex schauderte. „Gut, dass ich von meinen Eltern adoptiert wurde, weil die Sharpes waren wirklich schlimme Leute. Gott, warum reden wir da überhaupt drüber!"

Alex schluckte und schob ihren Ärger herunter, bis sie wieder atmen konnte.

„Ich weiß wirklich nicht, was ich sagen soll, Alex. Ich wünschte, ich hätte das gewusst. Und unser Vater ... Er spricht nicht viel darüber, aber ich weiß, dass er sich schuldig fühlt."

Alex schaute Gregor an, sie schaute ihn wirklich an. Sie hatte ihr Aussehen von ihrer leiblichen Mutter, denn Alex und Gregor sahen sich überhaupt nicht ähnlich. Sie war blass, rothaarig und kurvig. Er hatte olivfarbende Haut, war dunkelhaarig und so athletisch gebaut wie jeder Berserker Mann. Ihre einzige Gemeinsamkeit war ihre Augenfarbe, ein glitzerndes marineblau, dass von Strömungen im tiefsten Teil des Ozeans erzählte.

„Lass uns das nicht machen", sagte Alex.

„Ich wünschte, ich könnte dich als Teil meiner Linie beanspruchen", seufzte Gregor. „Unser Alter ist fast richtig ... wir könnten Vaters Zustimmung ganz umgehen."

Alex schnaubte.

„Nur wenn du irgendein Mädchen mit dreizehn oder vierzehn geschwängert hast", sagte sie und rollte mit den Augen.

„Außerdem. Wir gehen kaum als Halbgeschwister durch, erst recht nicht als Vater und Tochter. Niemand würde das glauben."

Gregor nickte und zuckte die Achseln. „Eine nette Idee. Nein, ich glaube, das würde nicht funktionieren. Das lässt uns noch zwei Möglichkeiten übrig. Wir könnten zu Vater gehen und ihn um Erlaubnis fragen oder ..."

„Oder ich heirate einen Alpha ", beendete Alex den Satz für ihn.

„Verpartnern nicht heiraten. Du beleidigst vielleicht jemanden damit. Die beiden Konzepte sind nicht im Geringsten ähnlich."

Alex winkte bei seinen Worten ab, und versuchte sich zu konzentrieren.

„Was würde es bedeuten, wenn ich seinen Segen bekomme?"

„Du wärst Teil des Clans und bekämest Zugang zu unserem Hinterland. Du könntest ohne Angst in deiner Bärenform laufen. Du hättest sofort eine Gemeinde. Wenn man bedenkt, wer dein Vater ist, würdest du mit Freundschaftsangeboten übersät werden. Mehr als Freundschaft, darauf wette ich."

Etwas in Gregors Blick sagte, dass er selbst ziemlich viele Angebote bekommen hatte. Und diese abgelehnt hatte, wenn Alex den Unmut in seinen Augen richtig las.

„Und andererseits ..." fragte sie.

Gregor atmete scharf aus.

„Du wärst unseren Gesetzen unterworfen. Du würdest aufgefordert werden, einen Partner zu finden und Erben zu produzieren. Schon bald."

„Also wenn ich die Aufmerksamkeit des Alpharats haben will, dann muss ich praktisch all die Dinge tun, gegen die ich versuche anzukämpfen", fasste sie zusammen.

Gregor zuckte mit den Schultern.

„Wenn du es so sehen willst", war seine einzige Antwort.

„Zwingen sie dich, einen Partner zu finden?", fragte Alex neugierig.

„Darauf kannst du deinen Hintern verwetten", antwortete er und sein Blick wurde grimmig. Alex hielt inne und war sich nicht sicher, wie sie ihre nächste Frage formulieren sollte.

„Gregor, ich will ja nicht neugierig sein, aber bist du nicht ..."

„Schwul?", sagte er. „Ja. Stell dir vor, die Gesetze sind auch für mich nicht günstig."

„Gott", seufzte Alex. „Was wirst du tun?"

„Ich werde eine Dame mit denselben Veranlagungen finden. Oder das Gegenteil, sollte ich vielleicht sagen. Jemand, der mein Geheimnis bewahrt, solange ich ihrs bewahre."

Gregor runzelte die Stirn und forderte sie heraus, das Gespräch weiterzuführen. Alex presste ihre Lippen aufeinander, aber ließ das Thema dann fallen. Wenn Gregor nicht selbst kämpfen wollte, dann war das seine eigene Entscheidung.

„Ich will unseren Vater nicht mit hineinziehen, außer die Dinge geraten außer Kontrolle", erklärte Alex und wechselte das Thema. „Also ... angenommen ich gehe den anderen Weg, wie treffe ich die Berserkers?"

Gregor warf ihr ein plötzlich tückisches Grinsen zu.

„Ich denke, es ist Zeit, dass du deine Cousinen triffst. Sie werden wissen, wo man echte Kerle trifft. Ich hoffe nur, du verträgst einiges."

Mit großen Augen stieg Alex mit ihrem Bruder ins Auto und hörte ihm zu, während er ihr all die schmutzigen Details erzählte.

2

„**B**ist du sicher, dass du nicht mit uns mitkommen willst?", fragte Alex Gregor und legte einen Arm um seine Schultern, als ihre Gruppe den Drawing Room verließ, den Ort den Gregor dazu auserwählt hatte, damit Alex ihre *Cousinen* traf. Die Cousinen hatten sich als große, modellartige Frauen in den Zwanzigern herausgestellt und sie waren wirklich etwas, was Alex so noch nicht erlebt hatte.

Alex war immer ruhig und gefühlstief gewesen, auch schon in der Schule. Sie konnte mit ihren engsten Freunden feiern gehen, aber sie war noch nie ein *Partygirl* gewesen. Diese Beschreibung traf aber ziemlich genau auf jede ihrer Cousinen zu. Jede war laut, aufgeregt und noch hipper, als Alex sich je erträumen konnte. Stephanie, Miranda, Bette, Jenna und Sammie waren alle top gestylt und Gott, sie waren bereit für eine Nacht voller S-P-A-S-S.

Fünf Minuten nach dem Treffen, sobald die Umarmungen und die freudigen Ausrufe vorbei waren, war Alex bereits übersättigt mit Klatsch und den Gesprächen von süßen Männern. Gregor hatte ihnen einen Tisch in seinem Lieblingsrestaurant besorgt und war schnell dabei gewesen, Alex zwischen sich selbst und Bette zu platzieren, der Stillsten in der Menge. Wenn man das so sagen konnte, denn Bette war ziemlich schnell dabei gewesen, Alex jegliche Infos über jeden attraktiven Mann zu erzählen, der ins Restaurant kam.

„Lass mal sehen ...", fing Bette an. „Menschlich, menschlich. Oh und der da drüben, der heiße Spanier, auch menschlich, aber eine *Kanone* im Bett."

„Ich – okay", sagte Alex und nahm einen Schluck von dem Martini, den Gregor ihr in die Hand gedrückt hatte.

Und das war nur der Anfang der Veranstaltung. Das Essen hatte sich drei Stunden lang hingezogen und es hatte weitaus mehr Drinks als Essen gegeben. Alex war keine große Trinkerin, also hatte sie sich ein wenig zurückgehalten, aber sie war dennoch ein wenig beschwipst, als sie in die Hitze des Sommers in Chicago hinaustraten.

„Es ist bereits halb elf. Es tut mir leid, aber ich habe morgen früh einen Termin", erklärte Gregor und warf Alex einen entschuldigenden Blick zu.

„Blödsinn", sagte Stephanie und machte Alex Haltung nach und legte einen Arm um Gregor. „Er will nur nach seinem Freund sehen. Wie heißt der noch, Ralphio oder so?"

„Und damit lasse ich euch alleine meine Damen ... was immer ihr auch tut.

Passt auf euch auf", sagte Gregor und wand sich aus ihrer Umarmung. „Miranda, Bette ich hoffe ihr passt auf, dass Alex nicht in einem Barstreit oder so stirbt."

Alex starrte ihn an, aber Gregor winkte nur und ging davon und ließ sie mit *den Cousinen* alleine.

„Auf geht's zum Trinken!", rief Jenna. Die Cousinen jubelten und griffen Alex an der Taille und umarmten sie, während sie sie in Richtung ihres Ziels zogen.

„Oh mein Gott, du wirst den Bronze Throne lieben. Es ist die beste Bar überhaupt. Die Getränke sind toll und die Musik dröhnt, die Männer sind megaheiß ... und fast jeder ist ein Verwandler. Bleib einfach bei uns und pass auf, dass du nicht mit einem Löwen oder einem Wolf oder so knutschst", erklärte Bette.

Zwanzig Minuten und zwei Tequila Shots später musste Alex Bettes Einschätzung zustimmen. Die Bar war wunderbar, wenn auch ein wenig schwach beleuchtet mit lauter tanzbarer Musik und die Männer ... Na ja, es gab reichlich *und* sie sahen gut aus.

„Die nächste Runde geht auf mich!", sagte Alex und wurde von der Aufregung angesteckt. Die Cousinen quietschten vor Freude und brachten sie in Richtung Bar, ein glänzender Bau aus Bronze, der sich vor einer beeindruckenden Wand aus Likörflaschen erhob.

Alex ging zur Bar und hielt kurz an, um ihr knielanges creme-schwarzes Spitzenkleid anzupassen. Das Kleid lag eng an und schmeichelte ihren kurvigen Hüften und drückte ihre E-Körbchen Brüste auf eine mundwässrige Art hoch. Alex war nicht so modellhaft dünn wie ihre Cousinen, aber sie kannte ihre Vorzüge. Sie hatte ihre Sanduhrfigur zu ihrem Vorteil angezogen und hatte ihre fuchsienfarbigen Stöckelschuhe an ihren Lippenstift angepasst und alles mit einer Diamantenkette und Ohrringen verschönert. Ein Geschenk von ihren Eltern zum Abschluss des Colleges, dieses

Set war etwas, was sie regelmäßig trug, um ein wenig femininen Hauch ihrer Garderobe hinzuzufügen.

Als sie an die Bar trat, fiel ihr ein netter blonder Barkeeper auf, der an ihr hoch und runter schaute und dann direkt herüber kam.

„Was kann ich dir bringen?", fragte er und warf ihr ein verwegenes Lächeln zu.

Alex Lippen zuckten. Er sah gut aus, okay aber viel zu menschlich. Sie war hier um Single Berserker zu treffen und nicht, um sich selbst irgendeinem gut aussehenden Typen an den Hals zu werfen, den sie vielleicht sowieso nie wieder sehen würde. Eigentlich schade ...

„Kamikaze Shots", sagte Alex und lehnte sich herüber und hob ihre Stimme, damit man sie über die Musik verstand. „Sechs bitte. Nein, zwölf. Haben Sie ein Tablett?"

Der Barkeeper lachte und nickte und ging, um die Bestellung auszuführen.

„Ihr habt da eine nette Party laufen."

Die feinen Härchen an Alex Nacken

stellten sich auf, als sie sich von der Bar zurückzog, sie war sich ziemlich bewusst, dass ihre lehnende Haltung ihren Po auf eine verführerische Art hervorstehen ließ. Sie drehte ihren Kopf, um über ihre rechte Schulter zu schauen und da war er.

Der schönste Mann, den sie je gesehen hatte. Sie drehte sich zu ihm um und konnte die Bewegung nicht kontrollieren, selbst als sie ihn von oben nach unten anschaute. Er war mindestens 1,98 m groß und muskulös ohne dabei zu übertreiben. Dunkles Haar, modisch geschnitten, oben länger und kurz an der Seite, atemberaubende wasserblaue Augen, leicht gebräunte Haut.

Er trug ein hellblaues Knopfhemd, die Ärmel hatte er bis zu den Ellenbogen hochgerollt und die dunkle Jeans, die ihm so gut passte, musste maßgeschneidert sein. Alex kannte sich mit Kleidung aus und dieser Mann trug sie perfekt. Er hatte ebenso einige faszinierend aussehende Tattoos, schwarze Linien liefen über seine nackten Vorderarme. Etwas an diesen Tattoos ließ Alex schaudern und sich über die Lippen lecken.

„Hm …", sagte sie und ihr Selbstbewusstsein schwankte für einen Moment, als sie ihn anstarrte, ihr Magen rumorte. „Ja, ich bin mit ein paar Mädels hier."

Sie zeigte vage über ihre Schulter und wollte nicht auf den Tisch der schönen Frauen zeigen, die zweifellos den Mann ihrer Träume mit großem Interesse ansahen. Wer würde das nicht, wenn er so göttlich war? Er war so schön, dass Alex plötzlich einen Realitätscheck hatte und sich fragte, ob sie viel betrunkener war, als sie erkannt hatte. Sie neigte dazu, schreckliche Schutzbrillen zu tragen, wenn sie Männer an Bars betrachtete. „Schön. Vielleicht kann ich dir die Runde ausgeben?", fragte er.

„Oh … Hm, das ist schon in Ordnung. Ich meine, danke für das Angebot. Vielleicht kannst du mir später alleine einen Drink ausgeben."

Alex konnte nicht glauben, dass die Wörter aus ihrem Mund kamen, aber die Augen des Mannes erhellten sich vor Belustigung. Es schien ihm zu gefallen, also wich sie nicht von der Stelle.

„Das wäre schön. Vielleicht finde ich dich auf der Tanzfläche", antwortete er.

Er warf ihr einen letzten Blick zu, dann drehte er sich um und verschwand wieder in der Menge. Alex konnte nicht anders und begaffte ihn, während er ging, sein Po bewegte sich perfekt in seinen Jeans ...

„Okay, zwölf Shots!", rief der Barkeeper und erschreckte sie, als er ein kleines Plastiktablett mit ihrer Bestellung schwungvoll vor ihr hinstellte.

„Vielen Dank", sagte Alex. Sie zahlte und wandte sich ihren Weg zurück zu ihren Cousinen.

Zwei Kamikaze und zwei Wodkatonics später ließ Alex sich von ihren Cousinen auf die Tanzfläche ziehen. Sie war schnell umgeben von kreisenden Körpern und pulsierender Musik. Sie bewegte sich hin und her und flirtete und sang laut das Lied mit, sie war schon lange von beschwipst auf völlig betrunken gewechselt. Sie tanzte mit mehreren Männern, nachdem ihre Cousinen davon getanzt waren und ihre eigenen Partner gefunden hatten. Ihr Kopf wackelte, während sie lachte und tanzte.

Und dann passierte es wieder. Die Haare an ihrem Nacken stellten sich auf und sie wusste einfach, dass es derselbe Typ war. Sie drehte sich mit einem Grinsen auf dem Gesicht um. Da war er, Herr Groß, dunkel und mit Schlafzimmerblick. Er hielt einladend eine Hand aus und Alex zögerte nicht und tänzelte direkt in seine Arme. Eine seiner großen Hände landete auf ihrer Hüfte, die andere auf ihrem schmalen Rücken, als er sie näher zu sich zog.

Sie bemerkte wieder diese Tattoos, als er sie an sich drückte, bis sie ganz an seinen Körper gepresst war, alles harte, muskuläre Hitze. Alex legte ihre Arme um seinen Nacken, schnellte mit ihren

Hüften, während sie dem einfachen Rhythmus folgte, den er vorgab. Er bewegte sich mit perfekter Leichtigkeit und tanzte nicht umständlich herum.

Alex kicherte, als er sich hinunterbeugte und seine Lippen auf ihre drückte. Ihre Welt schien sich zu drehen, Likör und Blut schossen bei seinem Geschmack durch ihre Venen, das Gefühl seiner Berührung an ihrer Haut.

Sie tanzten und tranken und küssten sich bis spät in die Nacht. Und dann plötzlich waren sie draußen in der kühlen Nachtluft. Da war ein Auto und ein Türsteher ... alles war hell und prächtig und flog an Alex vorbei, als sie dem mysteriösen Mann aus einem Fahrstuhl folgte.

Seine Lippen landeten auf den ihren, seine Berührung befreite ihren Körper aus dem engen Kleid. Er stöhnte, als er das schwere Gewicht ihrer Brüste in seiner Hand wog, ihr Haar befreite, damit es frei auf ihren Rücken fiel und ihre Taille griff. Sein Mund und seine

Finger waren überall, ließen sie brennen und ließen sie kommen, noch ehe sie überhaupt ausgezogen war. Als sie ihn ausgezogen und jeden Zentimeter der weichen Muskeln berührt hatte, den ihre suchenden Finger gefunden hatte, stöhnte er und hielt sie fest. Seine Augen waren hungrig. Er drückte sie gegen die Wand, glitt tief in sie hinein und ließ sie vor Lust schreien.

Alex glitt mit ihren Fingernägeln seinen Rücken herunter und biss in seine Schulter, als er ihren Körper in Besitz nahm und ihr ein Seufzen entglitt, während er sie lebendig verbrannte. Als er fertig war, stöhnte er seine Zufriedenheit in ihren Nacken. Alex fühlte sich gebrandmarkt. Erst danach, als sie nebeneinander lagen und immer noch schwer atmeten erkannte Alex erst wie betrunken sie überhaupt war.

Er musste genauso betrunken gewesen sein, denn als sie aufstand und sich anzog, bewegte er sich nicht und gab auch kein Geräusch von sich. Sie warf ihm einen letzten prüfenden Blick zu, ehe sie ging und dachte, dass sie schrecklich betrunken sein musste, weil er genauso gut aussah, wie sie beim ersten Anblick gedacht hatte.

Seufzend über ihre eigene schlechte Entscheidung die sie traf, stolperte Alex in den Fahrstuhl und hielt ein Taxi an.

3

„Zusammenfassend haben wir jedes finanzielle Ziel erfüllt, das du vor vier Jahren gesetzt hast, als du zum Ersten Mal zu Jones and Simons Investments gekommen bist", sagte James Aldrich und lehnte sich mit einem zufriedenen Lächeln in seinem Sitz zurück.

Cameron Beran trank die letzten Tropfen aus seinem übergroßen Wasserglas, sein drittes seitdem sie im Restaurant angekommen waren. James war nicht nur sein Investmentberater, sondern auch ein Freund aus dem College, also waren ihre Treffen immer lässig und angenehm.

„Hm hm", sagte Cam und kniff seine Augen bei dem grellen Licht zusammen, dass durch die breiten Glasscheiben des Restaurants fiel.

„Mann, was ist los mit dir? Ich sage dir, dass du verdammt reich bist und du hörst nicht einmal zu", beschwerte sich James und sah ein wenig verletzt aus.

Cam beäugte James' perfekt sitzenden taubengrauen Anzug und das ordentlich gepflegte blonde Haar, wissend, dass sie im Moment den reinen Kontrast bildeten. Cam hatte es kaum geschafft, vor dem Treffen zu duschen. Er hatte keine Zeit gehabt zum Rasieren oder um sich etwas besseres als Jeans und T-Shirt anzuziehen. Er wusste, er stach deutlich in der Menge der Geschäftsleute, die dieses Restaurant besuchten, hervor. Es war eins dieser Restaurants mit weißen Leinentischdecken und kristallklaren Wassergläsern.

„Ich hab so einen Kater", gab Cam zu. „Ich erinnere mich nicht an mal an die Hälfte von gestern Nacht."

„Es ist Mittwoch", sagte James und runzelte die Stirn. „Bist du nicht ein wenig zu alt dafür?"

„Ich weiß, ich weiß", erwiderte Cam und fuhr sich mit der Hand über das Gesicht. „Ich zahle heute dafür, das ist klar."

„Ohhh", sagte James. „Ich kenne diesen Blick. Das war ein Mädchen, hm?"

„Ist da nicht immer ein Mädchen?", sagte Cam mit schwerem Seufzen.

„Na ja, wir haben eine Stunde mit Grafiken und Papieren und Unterschriften zu erledigen, ich hoffe also, dass sie es wert war."

Cam dachte einen Moment nach, ehe er nickte.

„Auf jeden Fall. Eine Rothaarige. Große Brüste. Oh und sie war eine verdammte Wildkatze, als ich sie mit nach Hause genommen habe", sagte er. Er hob eine Hand und winkte dem Kellner für ein weiteres Glas Wasser. „Zumindest denke ich, dass sie das war. Ich habe überall Kratzer auf dem Rücken."

„Schön", sagte James anerkennend.

„Ja. Jetzt lass uns anfangen, ich habe noch ein Kaffeedate danach."

„Eine weitere Rothaarige hoffe ich?"

„Nicht wirklich. Meine Mutter ist heute in der Stadt. Sie sucht ein Kleid für die Verlobte meines Bruders", erzählte Cam.

„Welcher Bruder? Luke?"

„Nein. Der hat heimlich geheiratet. Nein, Gavin ist das nächste Opfer", witzelte Cam. James kannte seine Brüder gut genug, sodass er seinen Witz verstehen würde.

„Ah das macht Sinn. Er war schon immer eine Pussy", sagte James lachend.

„Auf jeden Fall. Sie ist aber dennoch ein nettes Mädchen."

„Wo trifft man denn heutzutage nette Mädchen?", wollte James wissen.

Cam lachte und wünschte sich, er könnte James die Geschichte erzählen. *Na ja, ihre Familie ist eine Art Kult und wir haben sie bei einem Werbär Verkupplungswochenende getroffen ....*

„Schwer zu sagen. Nicht meine Art von Mädchen", sagte er stattdessen.

„Nein. Aber jetzt wo du deine Finanzen und Eigentümer geklärt hast und du deine eigene IT Firma gegründet hast, schaffst du es vielleicht endlich, dir eine Frau anzulachen", sagte James. „Wenn sie es aushalten, dich immer anzusehen."

Cam grinste. Er war attraktiv und das wusste er nur zu gut.

„Okay, genug geflirtet. Lass uns was tun", sagte er.

Mit einem Augenzwinkern zog James einen Stapel Papier hervor. Die Papiere, welche alle Cams Ziele und Träume verfestigen würden und den Weg für ihn frei machten, zur nächsten Phase in seinem Leben zu gehen. Er würde ein

Haus kaufen, eine starke Frau als Partnerin wählen und dann endlich wäre er an der ersten Stelle, um der Erbe des Beran Clans zu werden. Luke würde so schnell nicht zurückkommen und Wyatt würde sich nie niederlassen, also blieb Cameron als der beste Kandidat übrig, um seinen Vater als Alpha zu beerben.

Das Ziel, auf das er seit seiner Jugend zielstrebig hingearbeitet hatte, das einzige von dem er spürte, dass er das verdiente und brauchte. *Alpha.* Er träumte sich halb durch das Meeting, nickte und unterschrieb, während er Pläne machte. Er vertraute James bedingungslos, sodass es also nicht schaden konnte, wenn man einmal nicht aufpasste.

Als Cam zwei Stunden später in seinem Lieblings Coffeeshop auf einen Stuhl glitt, fühlte er sich völlig erholt. Endlose Gläser mit Wasser und ein solides Mittagessen hatten 90% seines Katers beseitigt und der erste Schluck seiner Lieblingslatte war genau das richtige um ihm für den Rest des Tages Aufschwung zu geben.

„Cameron!", sagte seine Mutter und ließ einen Arm voll mit schweren Einkaufstaschen auf den Tisch fallen, als sie ankam.

„Ma", er stand auf, um sie zu umarmen. Dieser Laden war ihr gewöhnlicher Treffpunkt, wann immer sie in der Stadt war. Er hatte seine Liebe zu Kaffee auf jeden Fall von seiner Mutter und dieser kleine Laden röstete seine eigenen Kaffeebohnen und machte einfach die beste Brühe, die Cam je getrunken hatte.

„Was hast du bestellt?", fragte seine Mutter.

„Kaffee Honig", sagte er. „Espresso, Honig und aufgeschäumte Milch."

„Mmmm. Ich glaube, ich nehme dieses weiße Schokoladen Lavendel Ding, das sie machen", antwortete seine Mutter. Sie ging zur Theke und kam mit ihrem Getränk und einem Teller Makronen, einer weiteren Spezialität des Hi-Volt Cafés zurück.

„Hattest du Glück mit den Kleidern?", fragte Cam, während er eine ganze Makrone in den Mund stopfte. Er ignorierte den missbilligenden Blick seiner Mutter und kaute glücklich an seinem Pistazienkeks.

„Ich habe Charlotte Fotos von einem Dutzend verschiedener Kleider geschickt und ihr gefielen drei. Ich lasse sie also für sie zum Haus liefern, damit sie sie anprobieren kann."

„Schön", erwiderte Cam. „Sie muss sehr aufgeregt sein."

„Wohl eher nervös. Aber sie ist jetzt eine Beran, also gewöhnt sie sich besser an große Familienfeiern."

„Da hast du wohl recht", sagte Cam und rollte mit seinen Augen. Seine Familie war riesig und sie mochten geselliges Beisammensein. Seine Eltern waren große Befürworter der neuen Partnergesetze, welche alle Berserker im richtigen Alter dazu zwangen, innerhalb eines Jahres Partner zu finden. Sie hatten sogar das erste gesellige Event veranstaltet, eine große Scheunenparty, komplett mit Line Dancing und einer offenen Bar. Die ganze Sache schien ziemlich gut zu laufen, außer dass Cameron und Wyatt sich einen Faustkampf mit mehreren männlichen Cousins lieferten. Luke hatte die Dinge mit seiner potenziellen Partnerin ebenfalls fast ruiniert, aber am Ende war alles gut gegangen.

„Wo wir gerade von Partnern sprechen, ich will, dass du mir einen Gefallen tust", sagte seine Mutter.

Cam warf ihr einen argwöhnischen Blick zu.

„Und der wäre?"

„Ich will, dass du dich von mir verkuppeln lässt."

„Nein."

„Cameron –"

„Ma, nein ich kann meine eigenen Dates machen, danke."

„Ich sehe nicht, dass du bisher irgendwelche potenzielle Partnerinnen mit nach Hause bringst, Cameron. Drei von deinen Brüdern haben ihre Partnerinnen in den letzten paar Monaten gefunden und ich will, dass du auch eine findest."

„Das werde ich."

„Ich will nur helfen", sagte seine Mutter.

„Und ich möchte das nicht", antwortete Cam.

Seine Mutter seufzte schwer.

„Wenn ich dir einmal ein Date besorgen darf, dann werde ich dich einen Monat nicht nerven."

Cam hielt inne und dachte nach. Ein Blind Date für einen Monat Frieden und Ruhe?

„Mach zwei Monate draus", sagte er.

„Abgemacht!", strahlte seine Mutter. „Du wirst sie lieben."

„Mmmh", murmelte Cam unverbindlich. Er nahm sich eine weitere Makrone.

„Ihr Name ist Alexandra und sie ist neu in Chicago."

„Wer ist ihr Alpha?", fragte Cam neugierig.

„Sie gehört zum England Clan."

Cam hustete und verschluckte beinahe die Makrone.

„Zu Alfred England? Da hat sie aber ziemlich Pech", sagte Cam und wischte sich die Krümel ab.

„Er ist nicht so schlimm. Überhaupt, ich glaube, sie kennt ihn gar nicht so richtig. Sie steht seinem Sohn Gregor näher. Ein Freund von mir, wie du weißt. Wir waren schon auf mehreren Wohltätigkeitsveranstaltungen zusammen."

„Du und Gregor, ihr verkuppelt also zusammen hm?"

„Sieht wohl so aus", antwortete seine Mutter zögernd.

„Alexandra", Cam wiederholte den Namen des Mädchens.

„Sie ist sehr hübsch, tolles rotes Haar. Sie ist auch sehr schick."

Rotes Haar. Cam schluckte und nahm einen großen Schluck seines Kaffees und versuchte, die Erinnerungen an den vorherigen Abend zu vergessen, während er in Begleitung seiner Mutter war.

„Hast du sie persönlich getroffen?", fragte er.

„Nein. Sie kommt von der Ostküste. Ich glaube, sie ist letztes Jahr nach Chicago gezogen. Es gibt da eine Geschichte, aber Gregor war ziemlich verschlossen über die ganze Sache. Die Englands sprechen nicht viel über Familienangelegenheiten."

„Okay. Na ja wenn du keinen Klatsch über die Englands hast, dann kannst du mir bestimmt davon erzählen was meine schrecklichen Brüder gerade so machen", sagte Cam wissend, dass seine Mutter es genießen würde, ihm eine Zusammenfassung zu geben.

„Na ja", sagte sie grimmig, „Ich habe ein paar interessante Neuigkeiten von Finn ..."

Cam lehnte sich in seinem Stuhl zurück und hörte der Geschichte seiner Mutter nur halb zu. Obwohl sie ihm alles über ein weiteres schönes Mädchen erzählte, konnte er sich nicht auf ihre Erzählungen konzentrieren. Seine Gedanken waren immer noch bei den zwei mysteriösen Rothaarigen in seinem Leben, eine vom vorherigen Abend und die andere, die er noch kennenlernen würde.

4

„Cameron Beran hm?", fragte Alex' Cousine Bette und zog eine Grimasse. Sie wischte sich eine kinnlange Strähne dunkles Haar zurück, ihre braunen Augen blitzten dabei. Sie saßen auf Alex Balkon und versteckten sich vor der heißen Spätnachmittagssonne.

„Was soll das Gesicht heißen?", fragte Alex und nahm einen Schluck von ihrem grünen Eistee. „Ich treffe ihn heute Abend zum Abendessen, also sagst du besser, was du weißt."

„Na ja, er ist ziemlich heiß ...", sagte Bette zögernd.

„Aber ...", wollte Alex wissen.
„Na ja ich kenne ihn nicht persönlich, aber er war vor ein paar Jahren mal mit Steph zusammen. Nichts Ernsthaftes natürlich, aber ich glaube, die Dinge haben mit einem ziemlich schlechten Nachgeschmack geendet."
„Oh. Und warum?"
„Er ist ein Player. Sie hat ihn mit zwei weiteren Mädchen in derselben Woche gesehen und danach hatte sie keine Lust mehr. Steph ist wirklich monogam."
„Hatten sie eine Vereinbarung oder so, keine weiteren Partner zu treffen?", hakte Alex nach.
„Nein überhaupt nicht. Ich glaube, sie war einfach beleidigt. Wie gesagt, es ist schon eine Weile her. Er hat sich vielleicht geändert, jetzt wo wir alle Partner finden müssen dieses Jahr. Ich weiß, er will der Erbe seines Vaters sein und in ein paar Jahren Alpha werden."
„Interessant", sagte Alex nickend. „Ist das wahrscheinlich? Gregor sagt, er hat ein Dutzend Brüder oder so."

„Ich glaube es gibt sechs oder sieben. Ich war bei dieser riesigen Party, die die Berans vor ein paar Monaten geschmissen haben. Es war mitten im Nirgendwo in Montana, sehr ländlich. Sie sind alle groß, dunkelhaarig und gutaussehend. Es ist lächerlich", bedauerte Bette.

„Ist Cameron der älteste?"

„Ich glaube nicht. Steph wird vermutlich mehr wissen, sie sagte aber, er wäre zum Alpha geboren."

„Was immer das heißt", sagte Alex und zog ihre Nase kraus. Sie verstand immer noch nicht 100% der Berserker Kultur, aber sie nahm an, dass Steph meinte, das Cameron dominant war.

„Ich muss gehen und du musst dich für dein Date fertigmachen", sagte Bette und erhob sich von ihrem Platz. „Außerdem erzähle ich dir nur alten Klatsch".

„Keine Sorge. Ich bilde mir schon meine eigene Meinung", versicherte Alex ihr. „Lass mich dich rausbringen."

Trotz der Warnungen ihrer Cousine verbrachte Alex die nächste Stunde damit, sich zurechtzumachen und vorzubereiten. Sie plante, sich von ihrer besten Seite zu zeigen. Wenn der Mann Zeitverschwendung war, dann musste sie ihn nicht wiedersehen. Dennoch wollte sie einen guten Eindruck auf ihr Date machen, sie war brandneu in der Chicago Berserker Dating Szene und sie wollte nicht zu früh etwas Unwiderrufliches tun.

Alex glitt in ein schlichtes aber wirkungsvolles olivengrünes Sweaterkleid. Es stand ihrem hellen roten Haar und blasser Haut sehr gut und schmiegte sich an allen richtigen Stellen an ihren kurvigen Körper, aber zeigte auch nicht zu viel Haut. Sie fügte noch einen polierten, goldenen Gürtel und passende Absätze hinzu, dann legte sie ein wenig Rouge auf, viel Mascara und ein wenig blauen Eyeliner, um ihre Augen hervorzuheben.

Sie föhnte sich ihr Haar und kämmte

es, bis es glänzte und wie ein seidener, glänzender Vorhang auf ihre Schultern fiel. Sie überprüfte ihr Spiegelbild und vergewisserte sich, dass sie ihre täglichen Beteuerungen durchging und erinnerte sich daran, dass sie wunderschön und nett war, dass ihre übergroße Figur eher sexy als beschämend war. Sie hatte schon Yoga am Morgen gemacht und so fühlte sie sich genau richtig kurvig.

Dann war es Zeit zum Gehen. Gregor hatte ihr die Adresse eines gehobenen Restaurants und Bar genannt, von der er dachte, dass es romantisch wäre, und hatte ihr gesagt, um acht dort zu sein. Er hatte ein wenig dramatisches Flair gezeigt und ihr eine weiße Rose gegeben, die er ihr hinters Ohr steckte, ein Identifizierungszeichen für ihr Date.

Alex spürte, wie sie ein wenig nervös wurde, als sie das Restaurant betrat. Sie kam an einer Hostess vorbei, als sie zur Bar ging und dachte, das war ihre beste Chance von ihrem mysteriösen Date gesehen zu werden. Sie glitt auf einen leeren Stuhl und bestellte ein Mineralwasser und schaute sich um. Ein verliebtes Pärchen saß ein paar Plätze weiter, nippte an ihren Drinks und hielt Händchen, ganz offen für den Rest der Welt zu sehen. Der einzige andere Mann an der Bar war ein dunkelhaariger Mann, der Alex nicht ansah, er führte ein gedämpftes Gespräch mit der schönen Barkeeperin und mehrere der Kellnerinnen schienen es sich zur Aufgabe zu machen, an ihm vorbeizugehen, zu lächeln und sogar seine Schulter zu berühren.

Alex rollte mit ihren Augen und schaute sich wieder im Restaurant um. Die Bar befand sich ein wenig abseits vom Essbereich, also trank sie ihr Perrier und schaute sich die Menschen an und versuchte, ihre wachsende Anspannung zu unterdrücken, während die Minuten vergingen. Alex schaute auf die goldene Uhr an ihrem Handgelenk, die 19:55 Uhr anzeigte.

Um Punkt acht Uhr seufzte sie. Um

20:05 Uhr erkannte sie plötzlich, dass die weiße Rose in ihrem Portemonnaie war und sie sie gar nicht in ihr Haar gesteckt hatte. Sie schimpfte mit sich selbst, während sie die Blume hervorholte, sie aus dem Papier wickelte und sie sich hinters Ohr steckte. Das verliebte Paar neben ihr stand auf und ging, kichernd und flüsternd. Alex versuchte, nicht finster auf ihre sich entfernenden Rücken zu schauen.

Sie schaute sich seufzend im Restaurant um, dann drehte sie sich wieder zur Bar. Sobald sie ihren Kopf gedreht hatte, kam sie in Augenkontakt mit dem Typ am Ende der Bar. Es dauerte ein paar Sekunden, ehe Alex Magen sank, die Erkennung sank in ihr, während sie den Blick nicht von den türkisfarbenen Augen des Mannes abwenden konnte.

Es war ihre zufällige Affäre vom Anfang der Woche. Er starrte auf die Rose in ihrem Haar und runzelte die Stirn. Als sein Blick über ihren Körper glitt, und ihr enges Kleid und ihre nackten Beine, fühlte Alex eine unwillkommene Wärme in ihrem Unterkörper und es erinnerte sie an die Hitze von dem betrunkenen Zusammentreffen. An das wenige, an das sie sich erinnerte.

Er stand lässig auf und kam direkt auf sie zu. Sie schluckte und wurde unsicher.

„Alexandra?", fragte er und ihr Magen sank erneut. Ihr mysteriöser One-Night-Stand war ihr Blind Date? Ach du meine Güte.

„Hm, ja, ich bevorzuge Alex", sagte sie und räusperte sich. „Alex Hansard. Dann bist du also Cameron?"

Er lachte.

„Das bin ich. Du kannst versuchen, nicht so abgeschreckt auszusehen", sagte er.

Alex Lippen zuckten, obwohl sie nicht so amüsiert war wie er zu sein schien.

„Ich bin eher überrascht, denke ich", sagte sie und neigte ihren Kopf, um ihn anzusehen. Er war wirklich der Inbegriff männlicher Schönheit, genauso groß und bullig, wie sie sich an ihn erinnerte. Und diese Augen ... sie waren aufregend und sexy gleichzeitig.

„Ich gebe zu, das ist nicht unbedingt, was ich erwartet habe." Er warf Alex ein durchtriebenes Grinsen zu und wies mit seiner Hand in den Restaurantbereich. „Sollen wir unseren Tisch suchen?", schlug er vor.

„Geh voran", sagte Alex und erhob sich. Ihre Gedanken rasten, als sie ihn die Stufen zum Tisch herunter folgte. Bette hatte recht gehabt, wie Alex selbst sehen konnte. Sie hatte immerhin namenlosen, betrunkenen Sex mit ihm nur wenige Tage vorher gehabt. Cameron Beran war auf jeden Fall ein Player.

Vielleicht konnte Alex das auch zu ihrem Vorteil nutzen. In ihren Gedanken, stellte sie sich vor, wie sie eine geschäftliche Beziehung führten, anstelle einer emotionalen Verbindung. Bette hatte darauf hingedeutet, dass die Berans eine mächtige Familie waren und das Cam eines Tages Alpha sein würde. Er hatte das Potenzial, die Rolle des politisch Verbündeten zu füllen und er war vielleicht mehr an einer lässigen Beziehung interessiert, als an dem was die Berserker normalerweise zu bevorzugen schienen.

Das Wort *offene Beziehung* kam ihr in den Sinn und Alex fühlte ein grimmiges Lächeln auf ihren Lippen. Vielleicht war das nicht romantisch oder das, was sie sich vorgestellt hatte, als Gregor die Wichtigkeit hervorgehoben hatte, einen Partner zu finden, um ihre Kampagne zu unterstützen. Aber es könnte dennoch nützlich sein ...

Alex presste ihre Lippen aufeinander, als sie ihren Sitz in der gepolsterten Nische einnahm, auf die Cameron gezeigt hatte, und ging im Kopf ihre vielen Möglichkeiten durch.

5

Cam holte tief Luft, während er höflich darauf wartete, dass Alex sich an den leinenbedeckten Tisch setzte, er atmete kurz ein, während er in die Nische glitt. Die Nische befand sich in einer diskreten Ecke und die runde Form ermöglichte es ihnen, näher aneinander zu sitzen und sich dennoch ansehen zu können. Er betrachtete gründlich das romantische Ensemble, das vor ihnen lag, während er den Tisch umrundete, um sich auf seinen eigenen Platz zu setzen. Er bewunderte das glänzende

Silber, die flackernden Spitzkerzen und eine Schar von leeren Weingläsern. Der Gedanke an Wein gefiel ihm, weil sein Kopf sich drehte. Er hatte diesem Date zugestimmt, um seine Mutter zufriedenzustellen, und als Austausch hatte er bekommen ... na ja er war sich noch nicht ganz sicher was, aber etwas mehr, worum er gebeten hatte. Alex räusperte sich, als Cam sich hinsetzte, sie schien genauso nervös wie er sich fühlte.

„Du siehst wunderbar aus", sagte Cam und die Wörter waren aus seinem Mund, noch ehe sie in seinem Gehirn angekommen waren. Sie stimmten natürlich; sie war tadellos gekleidet und durchgestylt, ihr prächtiges, feuerrotes Haar fiel auf ihre Schultern und bis zur Taille. Das Tier in ihm forderte, dass sie all den langweiligen Small Talk übergingen und gleich zum interessanten Teil der Nacht übergingen, wie anfassen und schmecken.

„Danke", sagte Alex und ihr Blick verriet nichts.

Cam signalisierte dem Kellner, dann vergrub er sich in der Weinkarte.

„Hast du einen Lieblingswein?", fragte er Alex und beobachtete sie über die Karte hinweg.

„Vielleicht etwas Sprudelndes zum Anfang", schlug sie vor und runzelte die Stirn, während sie sich die Auswahl auf der Karte ansah. Jede kleine Geste und jedes Wort hallten bei Cam nach und erinnerte ihn an ihre Nacht zusammen. Sie war zurückhaltend und angespannt gewesen in der Nacht, selbst nach ein paar Drinks. Sie war jetzt auf jeden Fall aufgeregt, perfekt gepflegt und wortgewandt, ihre Mauern waren ein wenig zu hoch für Cam um darüber hinweg zu sehen.

Das konnte Cam nicht zulassen. Der Alpha in ihm musste kontrolliert werden, im Schlafzimmer und draußen. Wenn dieses kleine faszinierende Date irgendwo hinführen sollte, würde Cam

Alex von Anfang an seine Dominanz zeigen müssen. Eine Art Test. Nur dann konnte er bestimmen, ob sie wirklich kompatibel waren, wenn sie sich zu den richtigen Zeiten unterwerfen und rebellieren konnte.

„Ich mache dir einen Vorschlag", sagte er. Er legte die Karte weg und griff nach ihrer und zog sie ihr aus der Hand. „Lass mich heute Abend alles bestellen."

Alex Mund öffnete sich zu einem süßen kleinen überraschten *oh*. Die kleine Show der Schwäche ließ seine Lippen zucken. Sie auf Trab zu halten, würde angenehm werden.

„Warum?", fragte sie, sobald sie ihre Haltung wieder gewann.

„Weil es mich zufriedenstellen würde", erwiderte Cam mit einem beifälligen Zucken und unterstrich seine genauen Beobachtungen ihrer Reaktionen.

„Und warum sollte ich mich darum kümmern, was dich zufriedenstellt?", gab Alex zurück.

„Du bist aus einem Grund hier. Du willst etwas. Ich nehme an, du brauchst mich für etwas ... also ich glaube, du solltest sehr an meiner Zufriedenheit interessiert sein", sagte Cam und unterstrich das letzte Wort. Sie wurde ein wenig rot und er unterdrückte ein Grinsen.

„Du bist auch aus einem Grund hier oder?", kam ihre Antwort. Ihre Augen senkten sich und Cam wusste, er hatte diesen Kampf bereits gewonnen.

„Vielleicht. Vielleicht wollte ich auch nur ein Date."

Cam stand ohne ein weiteres Wort auf. Er suchte den Kellner und bestellte ihr gesamtes Essen, mit Wein und Nachtisch. Als er zurückkam, ließ ihn die Unruhe auf ihrem Gesicht beinahe lächeln. Sie war stark, das war sicher, aber er hatte den Vorteil. Er hatte bereits einmal ein paar ihrer Schichten abgezogen und sie körperlich verzaubert. Geschlechterpolitik bedeutete, dass er hier einen hohen Stellenwert hatte, und er wollte ihn zu seinem vollen Vorteil nutzen.

„Alles ist bereit", sagte er ihr und entfaltete seine Serviette mit großer Geste, während er Platz nahm. Alex warf ihm einen flachen Blick zu und presste ihre Lippen aufeinander und er entschied sich, die Dinge ein wenig weiter zu treiben.

„Also sollen wir darüber reden, was du willst oder sollen wir zuerst ein wenig über uns reden?", frage er.

Alex runzelte die Stirn.

„Wir kennen uns doch gar nicht. Die Nacht war ... schön, aber ... ich suche nicht nach einem weiteren kurzen Abenteuer. Ich bin wirklich hergekommen, um ein ernsthaftes Date zu haben", sagte sie und wedelte mit ihrer Hand. Der Kellner kam und brachte eine Flasche Champagner und stellte ihre Gläser hin. Cam behielt Alex weiter im Auge, bis der Mann gegangen war und überlegte sich, was er sagten sollte.

„Ich suche auch nicht nach einem

kurzen Abenteuer" sagte er endlich. „Die andere Nacht war eine einmalige Sache."

Alex schnaubte kurz als Widerspruch, während sie an ihrem Champagner nippte und ihn überraschte.

„Das ist nicht, was ich gehört habe", sagte sie und starrte ihn mit ihrem marineblauen Blick an.

„Ich hätte nicht gedacht, dass du der Typ bist, der auf Gerüchte hört", erwiderte Cam und runzelte die Stirn.

„Du meinst wohl, ich werde nicht eingeweiht", Alex betrachtete ihr Glas und nickte schwach als Zustimmung. „Ich habe mich umgehört, ehe ich hergekommen bin. Ich habe den Eindruck gehabt, dass du ein ziemlicher Herzensbrecher bist."

Cam seufzte und war sich seines Rufs bewusst. Ein wohlverdienter immerhin. Bis vor sechs Monaten war er zufrieden gewesen mit seinem Playboy Lifestyle und hatte so viele Mädchen mit nach Hause genommen, wie er wollte, so oft wie es ihm gefiel.

„Na ja, wie ich gesagt habe, ich suche jetzt nach etwas ernsterem", sagte er.

„Wegen des Alpha Status nehm ich an. Du hast nur ein halbes Jahr Zeit, um eine Partnerin zu finden, stimmt doch oder?", fragte sie und neigte ihren Kopf und warf ihm ein Grinsen zu. Cam lachte beinahe. Alex schien ihn direkt testen zu wollen und versuchte eine Reaktion von ihm zu bekommen.

„Ich habe meine Gründe", sagte er und beließ es dabei. „Lass uns noch mal zum Anfang gehen. Wie du gesagt hast, die Nacht war nett aber ... Wir sollten noch mal von vorne beginnen, wie ein echtes erstes Date. Einverstanden?"

Alex schürzte ihre Lippen und schätzte ihn kurz ein, ehe sie nickte.

„Okay. Also ... was machst du den beruflich, Cameron?", fragte sie und spielte die Nette.

„Ich habe ein eigenes Unternehmen. Ich arbeite im Finanzbereich, besonders mit Tech-Unternehmen. Investieren, prognostizieren. Viel Katz-und-Maus", antwortete er und lehnte sich zurück und probierte den Wein.

"Hört sich nach hohen Einsätzen an", kommentierte Alex. „Ich habe auch meine eigene Firma. Oder Teile davon zumindest. Ich bin eine von drei Partnern in einer Design- und Marketingfirma. Ich arbeitete mit den kreativen Sachen, Grafik Design und Markenführung."

Als sie über ihre Firma sprach, strafften sich ihre Schultern, Selbstbewusstsein übernahm ihre Haltung. Als sie ihr Rückgrat durchdrückte, stießen ihre großzügigen Brüste in seine Richtung und zogen seinen Blick auf sich. Ihr Kleid bedeckte den cremigen Spalt, an den er sich wage aus der anderen Nacht erinnerte, aber nicht in der Lage zu sein ihn zu sehen, ließ sie noch faszinierender erscheinen.

„Hört sich bekannt an. Ich arbeitete mit vielen kleinen Firmen wie dieser,

Start-ups, die interessante Dinge machen", erklärte Cam.

„Wir haben jetzt fünfzehn Angestellte und ein paar wirklich große Kunden", erzählte sie und ihr Kinn hob sich ein wenig an. „Wir sind im Philadelphia Magazine *Under 30*, das letztes Jahr erschienen ist."

„Philadelphia? Da hast du dich also versteckt?", sagte Cam nickend. „Ich habe mich schon in der Nacht gefragt, wie du mir in Chicago nicht auffallen konntest. Unsere Werbär Bevölkerung ist nicht so groß, nur ein paar Hundert Bären im heiratswilligen Alter."

„Ich bin erst vor sechs Monaten hierhergezogen", sagte sie.

Der Kellner kam mit Bauchspeck und Endiviensalat und warmen Focaccia Brot und unterbrach Cams Gedankengänge für einen Moment.

„Bist du hierhergekommen, um näher an Gregor zu sein?", fragte Cam, als er den Faden wiederfand.

„Nicht genau. Gregor und ich haben

uns durch eine Knochenmarkspender-Datenbank gefunden. Wir haben beide sehr seltene Bluttypen, besonders im Nordosten der USA. Wir haben beide für achtjährige Zwillinge mit Knochenkrebs gespendet und dabei sind wir uns über den Weg gelaufen. Die Spendenkoordinatorin hat erwähnt, wie überrascht sie war, dass Gregor und ich nicht Geschwister sind, weil wir genetisch so ähnlich sind und von da haben die Dinge ihren Lauf genommen."

„Warte", sagte Cam mit einem verwirrten Stirnrunzeln. „Sagst du gerade, dass du Gregors Schwester bist?"

Alex wandte sich in ihrem Sitz und ihr wurde unbehaglich zumute.

„Ja. Na ja, Halbschwester. Es ist eine ziemlich lange Geschichte", sagte sie.

„Und das macht dich zu Alfred Englands Tochter", sagte er verwirrt. „Verstehe ich das richtig?"

„Ja", sagte Alex und beschäftigte sich mit einem Bissen Salat.

„England hat nie …", Cam hielt inne

und erkannte, dass er das Thema vorsichtig angehen musste. „Hat er ...?"

„Ob er von mir weiß? Ja. Ich habe bei einer Adoptivfamilie gelebt, so glücklich und froh, wie der Mops im Haferstroh", erklärte Alex. Sie zuckte zusammen und ihr Ton war klar genug, aber Cam erkannte, dass sie nicht gern über das Thema sprach. Er beließ es dabei, trotz der Neugier, die in ihm brannte. Alles zur rechten Zeit, sagte er sich.

„Was ist mit dir?", fragte Alex und wechselte das Thema. „Du gehörst nicht zum England Clan, also nehme ich an, das heißt, du kommst auch nicht von hier."

„Montana. Mein Vater ist der Alpha des Beran Clans. Billings ist zu klein für meinen Geschmack. Ich wusste, ich wollte einfach näher an den ganzen Finanz- und Tech-Firmen sein, also war Chicago nur eine natürliche Wahl. Es gibt auch viele Berserker hier."

„Ich habe nur eine Handvoll Englands bisher kennengelernt, aber ich bekomme auf jeden Fall den Eindruck, dass sie eine riesige Familie sind", sagte Alex.

Cam dachte über ihre Worte nach und fragte sich, welcher der Englands ihr den Eindruck vermittelt hatte, dass er ein Frauenheld war. Gregor vermutlich nicht, denn er hatte das Date schließlich arrangiert. Eine von Alfred Englands Nichten vermutlich. Er hatte mit ein paar von ihnen .... *zu tun gehabt*. Ziemlich eng sogar.

„Sie sind interessant. Sehr alt und mächtig. Sehr traditionell. Ich habe gehört, dass Alfred England seine Clanmitglieder wie wild verpartnert und versucht, dem Erlass Folge zu leisten."

„Ja, na ja. Wir kennen uns nicht wirklich. Gregor und Alfred und ein paar von meinen Cousinen sind die Einzigen, die bis jetzt von mir wissen", sagte Alex und bestätigte Cams Argwohn über ihre Quelle.

„Nicht für lange. In einem Clan, der so dicht verwoben ist, wirst du jede Minute geoutet. Ich bin überrascht, dass du keine fremden Männer an deiner Tür klopfen hast, die ein Date wollen und einen Weg in den Clan."

Alex Augenbrauen schossen hoch. Es dauerte einen halben Moment bis Cam erkannte, was sie schlussfolgerte.

„Das war nicht meine Absicht, das versichere ich dir", sagte er und sein Ton war trocken.

„Du bist also der Erbe des Beran Clans?", fragte sie.

Cam hielt inne und war sich nicht sicher, wie er darauf antworten sollte.

„Das ist noch nicht entschieden", sagte er. „Ich glaube, ich bin die natürlichste Wahl."

„Ich verstehe. Kann ich ehrlich mit dir sein, Cameron?", fragte sie und schob ihren Teller beiseite und legte ihre Hände flach auf den Tisch.

„Das wäre mir lieb."

„Ich habe eine Agenda", begann sie.

„So wie wir alle", knurrte Cam.

„Ja, okay. Ich wollte sagen, ich suche

nach etwas Besonderem im Moment. Ich versuche, einige Veränderungen im Alpha Code zu bewirken. Um meine Ziele zu erreichen, brauche ich eine Namensanerkennung. Von einem Alpha", erklärte sie. Cam runzelte die Stirn, während er über ihre Wörter nachdachte.

„Warum fragst du nicht einfach deinen Vater? Er ist einer der mächtigsten Alphas im Land."

„Na ja, ich habe ein wenig Vorbehalte ihm gegenüber aus persönlichen Gründen. Auch würde er sich direkt umdrehen und mich auf den ersten politischen Verbündeten drängen, der ihm einen Vorteil verschaffen würde. Ich bin kein Spielball und erst recht nicht für ..." Sie hielt inne und wehrte den Gedanken ab. „Ich treffe meine eigenen Entscheidungen und Verbindungen. Wenn ich das tun schon tue, dann kann ich auch gleich einen Partner suchen, der mir persönlich passt."

„Du siehst also einen Partner zu nehmen, als eine Art Unternehmensdeal", sagte Cam, während er die richtigen Worte suchte.

„Na ja schon. Wie kann es mehr sein als das zwischen politischen Rivalen?", Alex lehnte sich in ihrem Sitz zurück, während der Kellner ihre Teller abräumte und ihren Hauptgang brachte. Er spürte das Gewicht ihres Blicks für mehrere Sekunden auf sich ruhen, ehe ihre Aufmerksamkeit wieder zum Essen ging, dieselbe Auswahl von gebratenem Thunfisch und Filet Mignon, wie er für sich selbst bestellt hatte.

„Ich hoffe, du magst Surf n Turf", sagte Cam und vermied ihre Frage, um seinen Thunfisch zu schneiden. Er biss mit zufriedenem Seufzen davon ab und der buttrige Fisch zerschmolz in seinem Mund.

Sie aßen und diskutierten eine Weile das Essen und kamen erst beim Nachtisch wieder auf ernstere Themen. Als ein Teller mit mehreren Pot de Cremes kam, zusammen mit zwei langstieligen Löffeln und einer weiteren Runde

Champagner, schnitt Alex das Thema wieder an.

„Was willst du dann von dem hier?", fragte sie und ihr Ton wurde scharf.

Cam ließ seinen Blick über ihr Gesicht wandern, über ihr schönes rotes Haar und ihren kurvigen Körper. In Wahrheit wollte er eine echte Partnerin, jemanden den er beschützen und umsorgen konnte, neben dem er arbeiten konnte, um eine fruchtvolle Partnerschaft aufrechtzuerhalten. Er wollte Chemie, ja, aber er wollte auch mehr.

Er wollte, was seine Eltern hatten, eine lebenslange Liebe und Freundschaft. Das war schon seit Jahren sein Ziel und aus dem Grund hatte er jegliches ernsthaftes Streben nach einem Partner abgelehnt, ehe er alles andere in seinem Leben nicht abgeschlossen hatte. Jetzt hatte er ein erfolgreiches Unternehmen, viel Geld und genug Zeit, um eine Partnerin zu verführen, und er würde nicht weniger akzeptieren, als er verdiente.

Es wäre natürlich nicht schlau, Alex das zu sagen. Sie war jetzt ganz beschäftigt und suchte nach einem Deal, der ihr das geben würde, was sie im Moment suchte. Obwohl Cam das Gefühl hatte, dass sie alle Qualifikationen hatte, die er brauchte, die Intelligenz, Klasse und Schönheit, die er sich wünschte, er musste also unbedingt mehr von ihr sehen.

Er musste herausfinden, ob sie das passende Herz hatte, das war das Einzige, was in Cams Augen am meisten zählte.

„Eine Partnerin", sagte er und sagte die halbe Wahrheit. „Ich muss jemanden finden, dem ich vertrauen kann."

Etwas glimmerte in Alex Augen, irgendeine Zustimmung bei seinen Worten und das gab Cameron ein wenig Hoffnung. Vielleicht wusste Alex bereits, dass sie etwas Tiefsinnigeres brauchte. Es war ein Spiel, aber es war eins, das Cam mit jeder potenziellen Partnerin spielen würde. Dieser

Schimmer gab ihm die Stärke für seine nächsten Worte.

„Lass uns den ersten Schritt machen. Wir treffen die Clans und probieren es aus. Wenn wir so weit kommen, dann glaube ich, passen wir gut zusammen."

Alex hielt inne, ihr Löffel schwebte über ihrem Nachtisch.

„Einfach so?", fragte sie und ihr Blick verengte sich vor Argwohn. „Woher weißt du, dass du das, was du willst, von mir bekommen wirst?"

„Du hast recht. Es gibt eine Sache, die ich zuerst herausfinden muss", sagte Cam.

„Oh nur eine Sache, hm? Die wäre?", fragte Alex und ein arrogantes Lächeln umspielte ihre vollen Lippen. Cam griff herüber und befreite den Löffel aus ihrem Griff und ließ ihn auf den Tisch fallen. Seine Hand legte sich um ihre Taille, ehe sie reagieren konnte und ein kleines oh entwich ihrem Mund, während er sich in ihre Richtung drehte und sie auf ihren Schoss zog. Sie wurde starr, aber ihre Taille fühlte sich angenehm weich unter seinen Händen an.

„Cameron!" protestierte sie.

Er ignorierte sie und schob den verführerischen Vorhang ihres Haares zurück, um ihr Kinn zu umfassen. Seine Lippen senkten sich zu ihren, fanden ihre Lippen genauso weich und üppig und heiß, wie er sie in Erinnerung hatte. Ihre Hände landeten auf seinen Schultern, Nägel drückten sich in sein Shirt und seine Haut und ein weiterer Protest entwich ihr.

Eine Stimme in seinem Kopf sagte Cam, dass er eine Linie überschritt, dass er wollte, dass sie das wollte, aber sein Bär gab ein Knurren der Lust von sich bei ihrem Gefühl. Er ließ seine Hand von seiner Hüfte hoch zu ihren Brüsten fahren und knetete das zarte Fleisch und wurde mit Alex' Reaktion belohnt. Ihre Lippen teilten sich unter seinen, ein leises Stöhnen entwich ihr. Er stieß seine freie Hand in ihr Haar und drehte ihren Mund, wie es ihm gefiel, seine andere Hand drückte fest ihre Brust.

Da. Sie wurde weich, ihre Zunge stieß hervor, um seine zu necken, und er wusste es. Egal was sie sagte, Alexandra Hansard wollte Cam für mehr als nur fürs Geschäftliche. Zufrieden neckte Cam ihre Unterlippe ein wenig und ließ sie dann los und genoss ihren erschrockenen Blick.

„Dann ist das abgemacht", sagte er.

Alex starrte ihn nur an und Cams Herz hob sich. Etwas sehr, sehr Gutes würde zwischen ihnen passieren. Er würde seinen ganzen hart verdienten Lebensunterhalt darauf setzen.

6

Alex zog einen Spiegel aus ihrer Handtasche und überprüfte ihr Spiegelbild und drückte auf den Anschnallgurt des Autos, das Cameron am Flughafen von Billings gemietet hatte. Sie überprüfte zum zehnten Mal ihr Haar und ihr Make-up und versuchte, ihre Nerven zu beruhigen, die in ihrem Magen rumorten. Sie sah sich ihren marineblauen Bleistiftrock an, zu dem sie ein seidenes Trägerhemd trug und sie hoffte, dass ihre roten Stöckelschuhe nicht zu viel für das Treffen mit Camerons Mutter waren.

Eine weitere Überprüfung des Make-ups und ihres Haares ergaben, dass sich in den letzten 30 Sekunden nichts verändert hatte. Alex wollte sich auf ihre Lippen beißen, aber sie wollte nicht ihren sorgfältig aufgetragenen Lippenstift verschmieren.

„Hey. Es ist alles in Ordnung", sagte Cameron und streckte seine große gebräunte Hand aus, um ihre Hand auf ihren Schoss zu drücken. Er fuhr mit einer Hand weiter und schnitt ihr eine Grimasse zu, anstatt auf die Straße zu schauen. Das half Alex Nerven auch nicht weiter.

„Bist du sicher, dass ich nicht fahren soll?", fragte sie und runzelte die Stirn und lenkte seine Aufmerksamkeit wieder auf die Straße.

Cameron lachte leicht und schien völlig zufrieden. Natürlich, sie würden seine Familie treffen. Er musste sich im Gegensatz zu Alex um nichts Sorgen machen. Die Fahrt von Billings zur Red Lodge ließ Alex sich genauso wie beim ersten Mal fühlen, als sie eingewilligt hatte, Gregor auf einen Kaffee zu treffen. Sie wusste, es würde wahrscheinlich ihr ganzes Leben verändern und dass sie sich darauf konzentrieren sollte, aber es war zu groß. Also zappelte sie herum, passte ihr Haar und ihren Lipgloss an und die Art, wie ihr Kleid an ihren Hüften klebte.

„Als wenn ich dich fahren lassen würde", schnaubte Cameron. Er ließ sie los und setzte sich ein wenig grader in seinen Sitz und lenkte Alex Aufmerksamkeit auf sich, so wie sein dunkelblaues T-Shirt auf seinen Schultern, Armen und Bauch klebte. Das T-Shirt zeigte auch ein wenig mehr Haut als seine gewöhnlichen Knopfshirts und so hatte Alex entdeckt, dass die sexy Tattoos auf seinen Armen höher gingen, als nur auf seine Vorderarme und dass die tiefschwarze Tinte aus dem Ausschnitt seines T-Shirts hervorschaute. Sie hatte ihn heute Morgen nur einmal angesehen, wie er in seinen Designer Jeans und dem engen Baumwollshirt vor ihrer Tür gestanden hatte und sie hatte ihm fast die Tür vor der Nase zugeschlagen. Er war einfach zu viel. Das war nicht fair.

Alex zwang sich wieder zum Thema zurück.

„Ich bin eine gute Fahrerin! Ich habe noch nie einen Strafzettel bekommen", schnaubte Alex. „Außerdem ist das nicht einmal dein Auto."

„Bleib mal ruhig. Wir sind fast da und es wird okay sein. Du erfüllst heute quasi alle Träume meiner Mutter. Vertrau mir, wenn ich sage, du wirst nett willkommen geheißen."

Ja, außer dass das im Grunde eine Täuschung einer Ehe ist. Mist, ich sollte Liebesbeziehung sagen, dachte Alex. Sie warf Cameron einen nervösen Blick zu und steckte ihren Spiegel wieder in ihre Tasche. Mama Bär wäre wahrscheinlich nicht erfreut zu erfahren, dass sie und Cameron praktisch nur einige Wörter sagten und einige Papiere unterzeichnen mussten, um alle loszuwerden und sich den Vorteil zu beschaffen.

Nachdem sie mit Gregor gesprochen hatte, vermutete Alex, dass Cameron wahrscheinlich eine starke Partnerin brauchte, um Alpha Erbe zu werden. Es machte Sinn, da der Alphastatus der einzige andere Grund war, warum er sich niederließ. Indem er eine Partnerin nahm, würde er vielleicht in den Augen seines Vaters an die Spitze steigen. Das hatte Gregor zumindest gesagt.

„Ich fühle mich ein wenig … falsch", seufzte Alex. „Wir haben ganze vier Dates gehabt und jetzt fahren wir einfach zu dir nach Hause, um deine Familie zu treffen."

Die letzten eineinhalb Wochen waren ein Wirbelwind gewesen mit mehreren Abendessen mit Cameron und dem Versuch, jede Menge Arbeit im Voraus zu erledigen, bevor sie plötzlich eine Woche Urlaub brauchte, um sich mit ihren beiden Clans zu treffen. Außerdem hatte sie den Tag zuvor mit shoppen verbracht und versucht, die richtigen Kleider und Schuhe zu finden, die beide Clans dazu bringen würden, sie zu mögen.

„Ich würde mir darum keine Sorgen machen. Niemand wird dich auseinandernehmen. Ich dagegen ..." Cameron seufzte.

„Wirst du lügen, wenn jemand dich fragt, wie lange wir uns schon kennen?", fragte Alex und versteifte sich.

„Nein. Ich bin ein Meister des Ausweichens. Das ist eine Fähigkeit, die man in meiner Familie gut gebrauchen kann." Cameron erwischte Alex argwöhnischen Blick und grinste. „Fünf Brüder und eine neugierige Mutter, weißt du. Ausweichen hat mir schon so oft den Hintern gerettet."

Alex zog ihre Nase kraus und drehte sich um, um aus dem Fenster auf die weitläufige Landschaft Montanas zu schauen, und hob sich die Tatsache für später auf.

„Ist das dein Zuhause?", fragte sie

und zeigte auf die dunkle Struktur, die sich in der Entfernung abzeichnete.

„Genau das", erwiderte Cameron. „Die Lodge. Normalerweise können wir im Gästehaus bleiben, aber ich glaube mein Bruder Gavin und seine Partnerin sind immer noch dort. Wir bleiben im Haupthaus mit meinen Eltern."

Alex hörte kaum zu, sondern starrte auf die Lodge, als sie auf die Einfahrt fuhren. Es war ein beeindruckendes Haus. Alles aus dunklem Holz und mit großen Fenstern. Wie eine übergroße Blockhütte, wenn Blockhütten Millionen kosten und aussehen würden, als wenn sie direkt aus einem Architekturmagazin kämen.

Ehe sie sich versah, standen sie auf den Vorderstufen, Cameron hievte ihre Koffer in Richtung Vordertür. Sie schafften es gar nicht zur Veranda, als schon eine silberhaarige Kugel aus der Tür schoss und mit Cameron zusammenstieß.

„Hey Ma", sagte Cameron mit einem

Lachen und ließ den Koffer über den Boden schleifen. „Ma, das ist Alex Hansard. Alex, das ist meine Mutter, Genny Beran."

Hellblaue Augen gaben Alex einen scharfen abschätzenden Blick, als Genny sich aufrichtete. Ihr stahlgraues Haar war in einen Haarknoten gebunden und sie trug ein übergroßes Männershirt, die Manschetten waren über eine enge hellbraune Hose gerollt und gepaart mit hohen Lederreitstiefeln.

Alex nickte und ein paar Sekunden später nahm Genny sie in eine herzliche Umarmung.

„Wir umarmen uns in dieser Familie", erklärte Genny. Alex klopfte Genny auf den Rücken und versuchte nicht so unbehaglich auszusehen, wie ihr zumute war. Ihre Pflegeeltern waren wunderbare Menschen gewesen, aber sie waren nicht so für Körperkontakt gewesen. Cameron hatte sich als sehr herzlich bei ihren letzten Dates erwiesen, obwohl sie nichts mehr getan hatten, als sich ein paar Mal zu küssen. Es war jetzt offensichtlich, woher er das hatte.

„Sicher?", fragte Alex und fühlte sich unbehaglich.

Genny schob sie hinein und schickte Cameron weiter ins Haus, um ihre Koffer abzustellen. Die Lodge besaß ein riesiges Wohnzimmer, ein förmliches Esszimmer und eine erstklassige weiße und rostfreie Edelstahlküche, alles in einem Bereich. Genny schob Alex ins Esszimmer, wo drei neue Gesichter warteten.

„Alex, das ist mein Mann Josiah", stellte Genny Alex einem silberhaarigen Mann vor, dessen Beziehung zu Cameron unverkennbar war. Sie teilten dieselben Statur und Gesichtszüge, dennoch war Cameron viel umgänglicher als sein ruppiger Vater.

„Mmmh", knurrte Josiah und gab Alex einen halbherzigen Handschlag, ehe er in die Küche floh.

„Mach dir nichts draus", sagte ein

schöner Mann, der Camerons Bruder sein musste.

„Das ist mein Sohn Gavin und seine Partnerin Faith", sagte Genny und strahlte. „Noah und Charlotte waren auch hier, sind aber heute Morgen gefahren."

Alex schüttelte Gavin und seiner schönen, bescheidenen blonden Partnerin die Hand.

„Nett dich kennenzulernen", sagte Faith und warf Alex ein kurzes, sanftes Lächeln zu.

„Freut mich auch", sagte Alex und bemerkte Faiths konservative Kleidung, ein knielanges cremefarbenes Kleid, dass ihre Arme und Brust bedeckte. Es war weiblich, dennoch sittsam, ein Stil, denn Alex für sich selbst noch nie ausprobiert hatte. Plötzlich schien der kleine Spalt, den Alex für diesen Anlass für akzeptabel gehalten hatte, fraglich, aber jetzt konnte sie nichts mehr dagegen tun.

„Möchtest du ein wenig Wein? Ich

habe eine besondere Flasche Pinot Noir", sagte Genny und goss Alex bereits etwas ins Glas.

„Danke, ja", sagte Alex und nahm einen Schluck. Der Wein hat einen merkwürdigen Geschmack und ließ ihren Mund auf unangenehme Weise wässrig werden, aber sie schluckte es hinunter und sagte nichts. Der Geruch davon verweilte in ihren Sinnen, und nahm ihr ihren Wunsch nach einem weiteren nervenberuhigenden Schluck.

Alle nahmen an dem riesigen Esstisch aus Teakholz Platz, Genny dirigierte, wer wo sitzen sollte. Alex ließ sich in das familiäre Geschnatter hineinziehen, während Genny sie alle über die baldige Hochzeit einer der Brüder aufklärte. Genny und Gavin neckten Faith mit ihrer eigenen Partnerzeremonie, die in ein paar Monaten stattfinden würde und wann immer ein Gespräch über Dates aufkam, warf Genny Alex einen weniger feinfühligen Blick zu und runzelte die Stirn.

Cameron kam zurück, als Josiah den Hauptgang auf den Tisch brachte, mehrere wunderschön zubereitete Regenbogenforellenfilets. Cameron erwischte den Platz zwischen Alex und Josiah und Alex war dankbar, ihn zwischen sich und der stählernen Präsenz des Alphas zu haben.

„Heute Morgen gefangen", informierte Josiah sie.

Genny und Faith sprangen auf, um den gegrillten Spargel, kleine Kartoffeln, frische Maiskolben und einen Korb mit Weizenbrötchen auf den Tisch zu stellen. Josiah warf Alex einen Blick zu und sie fragte sich, ob sie den anderen Frauen hätte folgen sollen. Sie drehte sich zu Cameron um, um ihn zu fragen, aber er überraschte sie, in dem er ihre Hand in seine nahm und sie auf seinen Schoss legte. Die Geste war einfach, so wie alles was er tat, aber es ließ Alex Herz immer noch in ihrer Brust hüpfen. Als er sie losließ, um sich ein wenig Wein einzugießen, war sie schon fast traurig.

Josiah verteilte den Fisch, während alle anderen sich den Rest selber nahmen und Alex war froh, eine Karaffe mit stillem Wasser und ein leeres Glas in ihrer Nähe zu finden. Sie stellte ihren Wein für das Wasser weg und linderte ihren plötzlich ausgetrockneten Hals.

„Hast du Durst?", fragte Cameron und zog eine Augenbraue hoch.

„Das Wasser ist toll. Ist das Brunnenwasser?", fragte sie.

„Das beste Wasser im Land da draußen", warf Josiah ein. „Mein Vater hat den Brunnen selbst gegraben."

„Es ist ziemlich süß", sagte Alex zustimmend. Josiah warf ihr einen durchdringlichen Blick zu, ehe er sich wieder seinem Essen zuwandte.

„Probier den Fisch", schlug Gavin vor. „Das ist die Spezialität meines Vaters. Er bereitet ihn mit Zitrone und Butter und Thymian zu. Es gibt nichts Besseres auf der Welt."

Josiah antwortete nicht und ignorierte die netten Worte seines Sohnes. Alex warf Gavin ein Lächeln zu und nahm einen Bissen vom Fisch, dann nickte sie zustimmend.

„Es ist wirklich lecker", sagte sie.

„Lass dich nicht zu sehr von dem guten Essen verwöhnen, denn dein Partner kann nicht mal kochen, um sich am Leben zu halten", sagte Gavin. Faith schnaubte und kniff Gavin als Tadel. Gavin sah sie an und zuckte mit den Schultern. „Es stimmt doch, Schatz. Alles was er anfasst wird nichts. Ich glaube, er lebt von Tiefkühlpizza in Chicago oder, Cam?"

Alex lenkte ihren neugierigen Blick auf Cameron, der mit den Augen rollte.

„Das stimmt nicht. Es gibt einen Whole Foods in der Nähe meiner Wohnung und sie haben eine tolle Take-out Auswahl", sagte Cam zwischen zwei Bissen.

„Kein Problem. Ich bin ziemlich geschickt in der Küche", hörte Alex sich selbst sagen.

„Kannst du eine Lasagne machen? Cameron kann nicht ohne Lasagne leben", erzählte Genny Alex und warf ihrem Sohn einen amüsierten Blick zu.

„Ich esse nicht viele Kohlenhydrate, aber ich wette ich kann eine ganz nette Lasagne machen", sagte Alex. Cameron warf ihr einen abschätzenden Blick zu und Alex fiel ein, dass er nichts über ihre Diät wusste. Sie hatte ihm bei allen ihren Dates erlaubt für sie zu bestellen, sie hatte kohlenhydrathaltige Mahlzeiten entweder gemieden oder die light Variante genommen.

Die Erinnerung daran, wie wenig sie voneinander wussten, der Plan, den sie verfolgten, zerstörte ihre Freude über das tolle Abendessen der Berans. Sie aß den Rest ihres Spargels und den Fisch, aber ließ den Rest aus. Sie fühlte sich ein wenig mulmig. Ihre Gefühle hatten sich bei ihr immer körperlich ausgedrückt, das war also keine große Überraschung.

Das Gespräch wirbelte um sie herum, hauptsächlich Neckereien zwischen Cameron und Gavin. Jeder hatte ein breites Repertoire an peinlichen Geschichten über den anderen und sie schienen begeistert davon, diese vor ihrem Publikum zu teilen. Als sie mit dem Abendessen fertig waren, trugen Cameron und Gavin die Teller weg, offensichtlich ein Teil des Familienrituals und Alex lachte, als sie sah, wie sie sich untereinander mit den Ellenbogen anstießen, während sie den Geschirrspüler einräumten.

Genny zauberte eine mehllose Schokoladentorte zum Nachtisch herbei und bestand darauf, dass jeder ein Stück bekam. Alex stöhnte tatsächlich laut, als sie ein Stück davon probierte und wurde rot, als sie bemerkte, dass alle am Tisch sie ansahen.

„Tut mir leid, die ist einfach wunderbar. Ich kann überhaupt nicht backen", gab Alex zu.

„Faith hat den gemacht, nicht ich",

sagte Genny und nickte der schüchternen Blondine zu. Faith wurde so rot wie eine Tomate, was Alex grinsen ließ.

„Faith das ist wirklich einer der besten Kuchen, die ich je gegessen habe", lobte Alex sie.

„Das ist doch nichts", sagte Faith und schüttelte ihren Kopf.

„Sie ist praktisch bei allem die beste", informierte Gavin Alex. „Du solltest mal die Bilder sehen, die sie für ihr Kinderbuch gemacht hat. Sie hat sogar schon zwei Verlage, die interessiert sind, nicht wahr Schatz?"

Faith sah aus, als wenn sie hoffte, dass der Boden sich auftun und sie verschlucken würde und Alex konnte nicht anders, als ihr beizustehen und sie zu retten.

„Ich war vor ein paar Wochen bei einer Shel Silverstein Ausstellung wo wir grade von Kinderbüchern sprechen. Die Illustrationen waren ziemlich beeindruckend", sagte Alex. Faith warf Alex einen dankbaren Blick zu und wurde wieder rot, als Alex ihr zuzwinkerte.

„Noch ein Glas Wein?", schlug Genny allen vor, als das Abendessen beendet war.

„Nicht für mich", sagte Alex und schüttelte ihren Kopf. „Es war aber ziemlich lecker."

Alex stand auf und half, als alle Teller und Gläser sammelten. Es gefiel ihr, wie glücklich und effektiv die Familie ihr Abendessen beendete. Beide ihrer Eltern waren Ärzte, also waren Familienessen eine Rarität und enthielten normalerweise Pizza oder einen chinesischen Lieferdienst. Sie würde ihre Eltern um keinen Preis der Welt eintauschen, aber es war schön, Camerons Familie in Aktion zu sehen. Am besten gefiel ihr, wie jeder ihn Cam nannte, etwas bei dem sie sich sicher war, dass er das nicht immer ermutigen würde. Dennoch hatte er einen guten Sinn für Humor, er war auch ein wenig selbstkritisch. Es war schön, zu sehen, dass diese Eigenart von einer so liebevollen Familie ausgeglichen wurde.

„Wir müssen zurück zum Gästehaus", gab Gavin bekannt und streckte sich und legte einen Arm um Faith. „Faith hat morgen ein wichtiges Meeting. Sie spricht mit Penguin Books über einen möglichen Verlagsvertrag."

„Ein Skype Meeting", sagte Faith und schüttelte ihren Kopf, als wenn das ihre Leistung mindern würde.

„Das wird bestimmt toll", sagte Alex strahlend. „Ich habe ständig geschäftliche Treffen mit Fremden und ich erzähl dir von meinem Trick. Bleib einfach souverän und sie glauben, du bist so. So einfach ist das."

Faith warf Alex einen zweifelnden Blick zu, nickte aber.

„Okay. Wir sehen uns also alle morgen?", fragte Cameron Gavin.

„Ja. Wir fahren übermorgen", erklärte Cameron.

„Es wird morgen einen Meteoritenschauer geben, gegen Mitternacht. Wenn du unbedingt schwimmen willst, hm ... mach es nicht", sagte Gavin zu Cameron, der ein riesiges Grinsen zeigte.

„Kapiert", sagte Cameron und ignorierte die neugierigen Blicke seiner Eltern. „Vielleicht gehen wir zum großen Felsen."

„Gavin?", rief Faith von der Tür winkend aus.

„Ich will ihren Zeitplan nicht stören,", sagte Gavin gutmütig und ging hinaus.

„Ihr zwei solltet euch überlegen noch einen extra Tag zu bleiben", sagte Genny und klopfte Gavin auf den Arm.

„Noah und Charlotte kommen und wir machen eine große Party mit der ganzen Familie.

Wir machen Steaks und Cocktails und feiern all das Glück, dass ihr Jungs bisher gehabt habt, Partnerinnen zu finden."

Cameron nickte und warf Alex einen Blick zu.

„Wir werden darüber sprechen. Ich

weiß, dass Alex im Moment viel Arbeit hat und wir haben später in der Woche noch ein Treffen mit ihrer Familie."

„Nein, das hört sich gut an", meinte Alex. „Wenn wir unsere Flüge umbuchen können, dann würde ich mich freuen, noch eine weitere Nacht zu bleiben."

„Perfekt", krähte Genny und Alex konnte ein Lächeln nicht zurückhalten, als sie das gutmütige Grinsen auf Camerons Gesicht sah. Etwas Warmes breitete sich in Alex Magen aus, als sie Cameron und seine Familie beobachtete, wie sie miteinander umgingen. Es war genau das, was sie gerne mit ihren eigenen Kindern haben wollte, irgendwann. Wenn sie sich nur nicht mit dem einen Mann zufriedengegeben hätte, der wahrscheinlich niemals loyal genug wäre, um ihr das zu geben ...

Seufzend wandte Alex ihre Aufmerksamkeit wieder Genny und Gavin zu und stimmte zu, noch eine Runde Domino zu spielen, ehe sie ins Bett ging. Die dunklen Gedanken hingen das ganze Spiels über in ihren Kopf und ließen sie sich nicht entspannen. Hatte sie einen schrecklichen Fehler gemacht, als sie bei all dem mit Cameron zugestimmt hatte?

7

Alex schaute auf ihre Uhr und war überrascht zu sehen, dass es schon fast zehn Uhr war. Sie gähnte und rollte ihren Nacken und verursachte Genny dazu, sich hinüberzulehnen und Cameron auf den Arm zu hauen.

„Du lässt sie zu lange auf bleiben!", schimpfte Genny.

„Oh nein!", protestierte Alex bei einem weiteren Gähnen. „Ich bin eigentlich eine Nachteule. Es ist nur, wir sind heute ziemlich früh aufgestanden."

„Ja, jemand musste unbedingt schon drei Stunden vor dem Boarding am

Flughafen sein", sagte Cameron mit Blick auf Alex.

„Du weißt nie, was am Flughafen alles passieren kann", gab Alex zurück.

„Na ja, die Flüge werden jedenfalls nie vorverlegt", sagte Cameron mit einem Augenrollen. Er seufzte, als Genny ihn wieder schlug und ihn ermahnte, netter zu seiner zukünftigen Frau zu sein. „Okay, okay. Gott, Alex komm. Ich zeig dir den Rest des Hauses."

Alex sah, wie Genny und Josiah sich auf einem der überladenen Sofas zusammensetzen. Genny beugte ihren Kopf näher zu ihrem Partner und flüsterte ihm etwas zu.

„Sie freut sich sehr, dass du hier bist", brummte Cameron und griff nach Alex Hand und zog sie ins Innere des Hauses. Er zog sie in einen breiten Flur gesäumt mit weniger als ein Dutzend Türen, darunter eine breite Reihe von Doppeltüren auf der linken Seite. „Ma und Pa's Zimmer ist das erste", erklärte

Cameron und zeigte auf die nächste Tür rechts. „Die zwei Türen dort sind ein Konferenzzimmer und eine Bibliothek. Ich bezweifle, dass du das brauchst, aber du darfst es dir gerne angucken. Wir schlafen alle in unseren alten Zimmern, obwohl meine Mutter die ein wenig umgestaltet hat."

Die nächsten vier Türen rechts waren anscheinend Finns, Noahs, Lukes und Gavins Zimmer.

„Und das ist meins", sagte Cameron und griff an Alex vorbei, um die Tür zu öffnen. Es war schlicht gehalten, es gab ein Doppelbett und passende Möbel. Alles war in Schwarz und Weiß gehalten. Es gab ein paar Actionfilmposter an der Wand und einen riesigen Tisch vor einem breiten Fenster zusammen mit einem ganz neuen Desktopcomputer.

Alex bemerkte, dass ihr Koffer auf einem Stuhl mit gerader Rückenlehne lag und Camerons auf dem Boden danebenstand.

„Wo schlafe ich?", fragte sie verwirrt.

„Hier", sagte Cameron und setzte sich seufzend aufs Bett.

„Hm, hm ... und wo schläfst du?", fragte sie und kannte die Antwort bereits.

„Auch hier. Wir werden Partner sein, okay? Warum sollte meine Mutter uns in verschiedenen Zimmern beherbergen?", fragte er und sein Ausdruck wurde plötzlich müde.

„Ich dachte ... ich hoffte vielleicht, dass deine Eltern die Art von Typ sind, die auf getrennte Schlafzimmer vor der Hochzeit bestehen", sagte Alex und legte eine Hand auf ihre Stirn.

„Was? Ist das ein Problem?", fragte Cameron und sah unsicher aus.

„Im Haus meiner Eltern ist es das schon. Ich habe noch nie ein Zimmer mit irgendjemandem dort geteilt, nicht mal, wenn eine Freundin übernachtet hat", erklärte ihm Alex. Cameron zuckte mit den Schultern.

„Berserker machen das nicht. Wenn überhaupt, dann hoffen sie alle, dass wir miteinander ins Bett gehen und uns irgendwie verpartnern. Ich würde jedenfalls gerne einige Geschichten von diesen Übernachtungen mit Freundinnen hören ..."

Alex schaute hoch und erwischte seinen frechen, neckenden Blick und stöhnte.

„Wohl kaum. Wo ist das Badezimmer? Ich will mich fürs Bett fertigmachen", sagte sie. „Ich bin irgendwie wirklich ziemlich müde."

„Das Bad, das ich mit Wyatt teile, ist gegenüber im Flur. Ich glaube nicht, dass er zu Hause sein wird, aber schließ dennoch lieber ab", schlug Cameron vor. Er stand auf und zog ohne zu zögern sein T-Shirt aus und ließ Alex seinen weichen, muskulösen Körper und die dicken schwarzen Tattoos bewundern, die seine Arme, Schultern und Rippen verzierten. Er hatte viele Bauch- und Brustmuskeln und was auch immer für Muskeln da an seinen Armen waren, sie beugten sich, als er seine

Arme senkte. Und diese Tattoos ... sie waren geradezu sündig. Sie hatte noch nie jemanden mit so vielen Tätowierungen gedated und Cams Tattoos entmutigten und erregten sie gleichermaßen.

„Wirst du sabbern?", fragte er ausdruckslos.

„Sei still", fauchte Alex und ihr Gesicht wurde rot, als sie sich umdrehte und zu ihrem Koffer ging. Sie öffnete ihn und zog sorgfältig ihren am wenigsten sexy Sommerpyjama heraus, ein blauweiß gestreiftes Baumwolltop und Unterteil, das nach Opa schrie. Wenn es ein wenig kälter gewesen wäre, hätte Alex eines der tollen Flanellhemden eingepackt, die sie seit dem College gehortet hatte. Alex biss ihre Zähne zusammen und nahm ihre Kosmetiktasche und klemmte sie sich unter ihren Arm.

Ohne einen weiteren Blick auf Cameron und seinen beeindruckend flachen Bauch rannte Alex praktisch zum Badezimmer. Als sie die Tür hinter sich schloss, und Cameron ausschloss, atmete sie tief aus.

„Alles okay", sagte sie zu sich selbst. „Es geht dir gut." Sie entfernte ihr Make-up und putzte sich die Zähne, dann warf sie ihr langes Haar in einem unordentlichen Knoten hoch. Nachdem sie sich umgezogen hatte, schaute sie in den Spiegel und wurde bleich. Cameron hatte sie noch gar nicht ohne Make-up gesehen, erkannte sie plötzlich. Nicht dass sie hässlich war oder so, aber wenn man sich einem Mann ohne Make-up zeigte, war das normalerweise ein intimer Moment. Es war einfach ... viel freizügiger, als nackt gesehen zu werden, irgendwie. Tatsächlich hatten zwei vorherige Freunde von Alex sie nie natürlich ohne Schminke gesehen.

„Naja, wenn du ihn auf deiner Seite des Bettes halten willst, dann machst du das gut", sagte sie zu ihrem Spiegelbild. Sie nutzte ihre Finger und überprüfte die dunklen Kreise unter ihren Augen.

Da gab es natürlich nichts dafür. „Geh ins Bett, du müde Hexe."

Sie lächelte über ihren Pep Talk, schloss ihren Kulturbeutel und stellte ihn auf ein Regal neben dem Waschbecken und wollte das Bad verlassen. Sie hielt an, als ihre Hand die Türklinke berührte und ging zurück zu ihrem Kulturbeutel und machte ihn auf. Sie fischte die kleine Plastikhülle ihrer Pille hinaus, öffnete sie und starrte darauf. Sie hatte die Pille heute Morgen vergessen, in all der Hektik zum Flughafen zu kommen.

„Du bist eine Idiotin", sagte sie zu sich selbst und schüttelte ihren Kopf. „Das war knapp, Mann. Willst du ein Baby? Nein willst du nicht. Also nimm besser die Pille ..."

Sie nahm die Pille aus der Hülle und schluckte sie trocken herunter, dann rannte sie zum Waschbecken und schluckte eine Handvoll Wasser. Erleichtert stellte sie alles wieder an Ort und Stelle und zwang sich, wieder zu Cameron zu gehen.

Sie hielt inne und holte tief Luft. Der Raum roch so sehr nach Cameron, es war befremdlich. Männlich und scharf mit einem erdigen Hauch. Cameron hatte das große Licht ausgemacht und stattdessen die Nachttischlampen angemacht. Er saß im Bett und las eine alt aussehende Zeitung, anscheinend wartete er auf sie. Er hatte sogar ihre Seite des Bettes aufgeschlagen, was Alex Lippen mit einem gefrorenen Lächeln zittern ließ.

„Ich dachte schon, ich muss ein Rettungsteam nach dir schicken oder so", sagte Cameron und sah nicht einmal von seiner Zeitung auf.

„Ich habe überlebt", sagte Alex kläglich und ignorierte Camerons nackte Pracht während sie in ihre Betthälfte glitt.

„Nettes Outfit. Ich kann gar nicht glauben, dass du dich im Badezimmer umgezogen hast", sagte Cameron endlich und schaute sie an. „Ich habe dich bereits nackt gesehen, erinnerst du dich?"

„Ja, na ja. Wenn deine Erinnerung an diese Nacht so wie meine ist, dann ist sie höchstens schwammig", wehrte Alex ab.

„Ich plane, das bei der erstbesten Möglichkeit aufzufrischen", sagte Cameron unverblümt.

„Bleib auf deiner Seite des Betts, Cowboy", knurrte Alex.

Sie beging den Fehler ihn anzuschauen, dann auf seinen gemeißelten Körper, ehe sie ihre Augen wieder auf ihren Schoss senkte.

„Was hast du vorhin gesagt? Wohl kaum", sagte Cameron.

„Du kannst nicht einfach machen … was du willst", sagte Alex und schluckte. Ihr Mund wurde wieder trocken und sie wünschte sich, sie hätte sich ein Glas Wasser mit ans Bett gebracht.

„Ich glaube, es ist mehr, als wir beide wollen, Alexandra", korrigierte er.

Ihr Blick traf seinen und loderte bei der Nutzung ihres vollen Namens.

„Ich –", begann sie aber sie wusste nicht, was sie sagen sollte. Cameron rettete sie, indem er die Distanz zwischen ihnen kurzerhand überwand und seine Lippen über ihre gleiten ließ. Es war nur eine sanfte Berührung, ein wissendes Necken, aber Alex zitterte dennoch. Was er ihrem Körper antat, würde sie nie verstehen.

Dennoch, anstatt zu widerstehen, anstatt des schockierenden Ausrufs, der verzweifelt nötig war, suchten ihre Lippen seine, als er sich kurz zurückzog. Ein betrügerisches Geräusch bildete sich in ihrer Kehle, ein atemloses Keuchen das raus wollte, ganz ohne Alex' Erlaubnis. Sie spürte, wie sich Camerons Lippen gegen ihre eigenen pressten. Sie wusste er lachte, aber sie konnte sich dennoch nicht zurückhalten.

Ihre Zunge stieß hervor, um seine Lippen zu schmecken, ihr Körper wandte sich zu seinem, ihre Hände fuhren hoch, um seine nackten Schultern zu umfassen. Cameron war vorsichtig und küsste sie zurückhaltend, um sie noch nach mehr hungern zu lassen, selbst wenn sie ihn wegschieben sollte. Als seine Hände hochfuhren und er mit seinen Fingern durch den zerzausten Haarknoten fuhr und sie näher zu sich zog, erkannte sie einen Moment purer Lust.

Es könnte so einfach sein. Sie würden immerhin Partner sein. Für immer verbunden, wenn nicht noch tiefer. Sie konnte einen Vorgeschmack von ihm bekommen, wenn sie wollte, oder etwa nicht?

Alex ließ Cam ihren Kopf zurückziehen, gab ihren Hals frei und ließ seine Lippen an der nackten Säule herunterfahren. Sie hörte sein bedürftiges Keuchen, dass ihre Lippen verließ und es war ihr ziemlich egal. Als er an ihrer Kehle und an ihrem Nacken knabberte, war sie bereit, ihm alles zu geben, was er wollte. So einfach war das.

Sie drückte sich an ihn, drehte sich und wollte ihn anfassen. Ihre Hand suchte nach seinem Arm, seine Hüfte vielleicht, aber stattdessen lehnte Cam sich nach vorne und brachte sie aus dem Gleichgewicht. Ihre Hand fiel direkt auf seinen Schoss, die Decke war bereits zur Seite geschoben und sie landete auf seiner zugegeben beeindruckenden Erektion.

Er erschrak, als Alex einen schockierten Schrei ausstieß, ihre Augen wurden weit, als sie erstarrte. Ihre entsetzen Augen gingen nach unten, weiter unten ... und da war ihre Hand, geschlossen um den größten Schwanz, den sie je gesehen hatte, weder im echten Leben, noch im Porno oder in einer Parodie.

„Oh Gott!", keuchte sie und riss ihre Hand zurück. Sie riss ihre Augen von seinem Schwanz los und warf ihm einen hitzigen Blick zu. „Du bist nackt!"

Alex griff nach dem Kissen und riss es hoch, um ihn bis zu seinem Bauchnabel zu bedecken.

„Na ja, ja", sagte er und warf ihr

einen belustigten Blick zu. „Ich schlafe nicht in alten Männerpyjamas. Ich bin normal."

„Du kannst nicht einfach –", sagte Alex und hielt dann inne. „Ach! Bleib einfach auf deiner Bettseite!"

„Und warum sollte ich das tun? Ich glaube, dir geht's grad ganz gut", sagte Cameron mit einem Grinsen. „Gib es zu, Alex. Du willst mich wieder ficken, du hältst es doch kaum noch aus."

„Das ist nicht ... Nein, das will ich nicht", sagte Alex und wandte ihren Blick ganz von ihm ab.

„Lügnerin", spottete er. Er griff nach ihr und fuhr mit einer schwieligen Fingerspitze über ihr nacktes Schlüsselbein, was sie zittern ließ. „Du willst mich genauso sehr wie ich dich. Vielleicht mehr."

„Da liegst du falsch", sagte Alex und verschränkte ihre Arme. „Hör auf, mich anzufassen, Cameron. Ich mein das ernst."

„Du bist so eine Lügnerin", flüsterte

er und öffnete den Kragen ihres Pyjamas mit einem Finger und entblößte ihre Schulter. Obwohl sie versuchte auszuweichen, drückte er ihr einen nassen Kuss auf ihre Schulter. Sie spürte seine Zunge an ihrer Haut und ihre Nippel wurden so hart, dass sie schmerzten.

„Cameron", sagte sie und drehte sich, um ihm in die Augen zu sehen, als sie ihn wegschubste. „Das ist nicht, was ich will. Sex ist kein Spiel für mich."

Camerons Züge verfinsterten sich, Verwirrung vielleicht.

„Wer sagt, dass das ein Spiel ist?", fragte er.

„Du hältst es doch gar nicht aus, das sehe ich", sagte Alex und befreite sich aus seinem Griff. „Du bist sanft und schmeichelnd. Aber das ist eine Partnerschaft aus politischen Gründen, nicht irgendeine ... ich weiß es auch nicht. Du benutzt mich, ich benutze dich. Das ist alles gut und schön, aber ich will keine Kerbe an deinem Bettpfosten sein, okay?"

Cameron warf ihr einen ungläubigen Blick zu.

„Okay zwei Dinge. Erstens, du ziehst gerade ziemlich viele Schlüsse. Wir fühlen uns zueinander hingezogen, wir werden Partner sein. Es gibt wortwörtlich keinen anderen Grund für mich, zu dir zu kommen", sagte er und sein schnell wachsender Ärger wurde offensichtlich. Alex hatte ihn vorher noch nicht wütend erlebt, eine kleine Erinnerung daran, dass sie ihn kaum kannte. Er könnte ein mörderisches Temperament haben, von dem sie nichts wusste. Sie traf grade all die richtigen Entscheidungen ohne Frage.

„Und das Zweite?", forderte sie ihn heraus und starrte ihn an.

„Zweitens hast du wirklich ein kurzes Gedächtnis. Wenn ich Kerben hätte, wärst du längst schon eine", sagte er.

Alex blieb der Mund offen stehen.

„Du bist so ein Arschloch!", keifte sie

und griff nach ihrem Kissen und schlug ihm damit ins Gesicht.

„Hey, hey!", sagte er und hob seine Hände hoch.

„Ich werde im Wohnzimmer schlafen", sagte sie und wollte aufstehen.

„Meine Eltern schauen wahrscheinlich noch einen Film. Aber bitte geh und zerstöre ihre Zweisamkeit", sagte Cameron mit hochgezogenen Augenbrauen.

Alex wurde ruhig. Wut pochte in ihren Venen. Wie konnte er sie eine Kerbe an seinem Bettpfosten nennen und sie dann dazu verdonnern, neben ihm zu schlafen?

„Okay", brachte sie schließlich hervor. „Ich gehe schlafen. Wenn du mich anfasst, werde ich dir jeden einzelnen Finger brechen. Mal gucken, was du dann sagst."

Alex ignorierte Camerons ungläubiges Schnauben und legte sich hin und stopfte sich das Kissen unter den Kopf, sie rollte sich auf die andere Seite, damit sie ihn nicht ansehen musste. Dort lag sie und kochte vor Wut, selbst dann noch, als Cameron das Licht ausgemacht hatte, auch noch nachdem sein tiefes, schweres Atmen die Luft füllte, der beständige Rhythmus lullte ihre Gedanken ein.

Stunden oder Tage oder Jahre später schlief Alex endlich ein, immer noch über alle Maßen sauer.

8

Nach einem ruhigen Frühstück mit seinen Eltern setzte Cam sich in einen Schaukelstuhl auf die Veranda, trank Tee und brütete vor sich hin, während er die malerische Sicht von der Lodge genoss. Alex hatte sich kaum gerührt, als er heute Morgen aufgewacht war, trotz der Tatsache, dass ihre Arme und Beine um seinen Körper geschlungen waren, da sie sich im Schlaf an ihn gehängt hatte. Er hatte sich aus ihrer Umarmung losgemacht, war aufgestanden und hatte sie weiterschlafen lassen. Die Stunden streckten sich und es war schon fast Mittag, als sie endlich erschien.

Die Vordertür öffnete sich und Cam drehte seinen Kopf und sah Alex auf die Veranda treten. Sie war barfuß, trug ein T-Shirt und Yogahosen, ihre Haare waren auf eine sexy Art zerzaust. Sie schien kein Make-up zu tragen, dachte er, aber anderseits sah sie auf eine Art lässig aus, die er bewunderte. Normalerweise war Alex so zusammengesetzt, als wenn sie die Welt mit ausreichend Lippenstift und einem aufgeputzten Kleid fernhalten konnte.

„Hey", sagte sie, als sie ihn entdeckte.

„Selber hi. Ich sehe, du hast den Kaffee gefunden", bemerkte er und seine Lippen zogen sich an den Ecken zu einem Lächeln. „Ich habe ein eingebautes Kaffeeradar. Es ist wichtig für mein Überleben", witzelte sie, kam herüber und setzte sich in den Schaukelstuhl neben ihm. Sie stellte ihren dampfenden Kaffee auf den niedrigen Tisch zwischen ihren Stühlen, verschränkte ihre Beine und schaukelte sich mit einem zufriedenen Lächeln. Sie hatte auch einen dünnen Stapel mit gedruckten Seiten dabei, welche sie mit dem Gesicht nach unten auf den Tisch legte.

„Ich kann den Tag auch nicht ohne Kaffee beginnen", erzählte Cam. „Das will ich auch nicht."

„Gott, das ist ziemlich schön hier draußen", sagte Alex und nahm mit diesem scharfen Kobaltblick die sanften Hügel in sich auf. Als sie sich zu ihm umdrehte und ihn anstarrte, musste Cam einen Schauder unterdrücken. „Wo sind deine Eltern?"

„Ma hat Pa dazu gebracht, sie für den Tag nach Billings zu fahren. Sie braucht ein paar Sachen für die Party morgen und sie brauchte jemanden, der all die Einkaufstüten trägt. Ich glaube Gavin und Faith sind auch mitgefahren."

Alex nickte, wandte sich wieder der Landschaft zu und nippte an ihrem Kaffee.

„Ich kann mir nicht vorstellen, an so einem Ort aufzuwachsen", sagte sie und ihr Ton klang wehmütig. „Großes Haus, große Familie, große Wildnis. Du hast wirklich Glück, weißt du das?"

Cam war beeindruckt von der Heftigkeit in ihren Worten, die fast an Wut grenzte.

„Du bist in Philadelphia aufgewachsen oder?", fragte er neugierig.

„Das hört sich auch nicht schlecht an."

„Überhaupt nicht schlecht. Aber dennoch anders."

„Keine Geschwister?"

„Nein. Meine Mutter, meine Adoptivmutter konnte keine eigenen Kinder bekommen. Sie haben auch nie davon gesprochen ein weiteres Kind zu adoptieren. Meine Eltern waren zu beschäftigt, glaube ich. Mir hat nie was gefehlt, aber sie waren selten da."

„Ja, ich denke, Ärzte haben einen ziemlich hektischen Zeitplan", stimmte Cam zu. „Ma ist bei uns zu Hause geblieben. Sechs Söhne im Zaum zu halten muss ziemlich zeitaufwendig sein."

„Das will ich vielleicht auch tun", sagte Alex und überraschte Cam. „Ich meine, ich würde von zu Hause arbeiten, aber ich will für meine Kinder da sein. Ich würde zu all den Schulveranstaltungen und so gehen."

„Wirklich? Das wusste ich nicht", sagte Cam und schaute sie abschätzend an.

„Ich glaube, es gibt noch vieles über das wir reden müssen", seufzte sie. „Deswegen bin ich hergekommen. Ich will dir ein Dokument zeigen."

Sie nahm den Stapel Papier hoch und überreichte ihn Cam. Eine weitere Überraschung, so schien es. Alex hatte ihm einen Vertrag gegeben. Er blätterte durch die Seiten und fand eine sehr sorgfältig angelegte Übersicht über ihre materiellen und finanziellen Erwartungen. Alles war fair und gleichberechtigt, schützte beider ihrer Interessen, aber Cam war bestürzt.

„Ich weiß nicht, was ich dazu sagen soll", sagte er. „Ich meine, das mit dem Geld sieht gut aus. Wir behalten beide die Kontrolle über unsere Vermögen und Verdienste, und zahlen gleichermaßen für alles, was wir besitzen ..."

„Ich habe meinen Anwalt gebeten, das zu entwerfen und dabei sehr fair zu sein."

„Dieser Teil unter Eheverpflichtungen ... Da steht „Halten Sie außereheliche Angelegenheiten geheim und diskret."

„Ja", bestätigte Alex.

„Warum hast du das da reingeschrieben?", fragte Cam verwirrt.

„Weil es das ist, was ich will. Die engsten Freunde meiner Eltern waren ein Paar, das ich gut kannte. Er hat sie betrogen, es ihr unter die Nase gerieben und es ruiniert. Ich möchte so etwas nicht durchmachen, egal wie unsere Vereinbarung vielleicht aussehen wird."

„Vereinbarung", wiederholte Cam.

„Ja", sagte Alex wieder und drehte ihren Kopf, um ihren Blick zu verbergen.

„Alex schau mich an", forderte Cam. Sie drehte sich zu ihm und etwas Bitteres lag in ihren Augen.

„Ich versuche nur mich selbst zu schützen", sagte sie.

„Ich glaube nicht, dass du verstehst, was hier passiert. Es gibt einen ganzen Bereich in diesem Vertrag, der eheliche Auflösung abdeckt."

„Ja. Das ist Standard für jede voreheliche Vereinbarung", sagte sie und wandte sich in ihrem Sitz.

„Es gibt keine Auflösung in einer Partnerschaft. Es gibt einen Mann und eine Frau, für immer. Diese Sache mit Affären und Scheidung ... Das ist nicht Teil der Abmachung. Wenn wir unsere Zeremonie haben, dann ist es das. Du und ich und unsere Familie und niemand anderes", erklärte Cam.

„Ich würde mich nicht darauf verlassen. Ich dachte, ich hätte den Punkt klar gemacht", sagte Alex und senkte ihren Blick.

„Und vielleicht habe ich mich nicht klar ausgedrückt. Wenn wir das tun, tun wir das wirklich, die ganze Sache. Ich würde dich sonst nicht überreden oder versuchen, dich zu verführen."

„Cameron –", begann sie.

„Cam. Du wirst meine Partnerin sein, nenn mich Cam", bestand er darauf.

„Dann Cam. Wir haben das als eine geschäftliche Vereinbarung besprochen. Und vielleicht könnte es eventuell mehr werden. Wir fühlen uns zueinander hingezogen und wir scheinen dieselben Dinge zu wollen, wenn es um Familie geht", sagte sie und wurde ein wenig rot. „Aber im Moment, ist es … ist es einfach so, wie es ist."

„Das kann ich nicht unterschreiben", sagte Cam und legte den Vertrag weg. „Das ist nicht das, woran ich glaube."

„Wir brauchen etwas auf dem Papier. Es ist … das machen Menschen doch."

„Berserker nicht", sagte Cam. Er starrte in die Ferne, seine Gedanken drehten sich. Er hatte gewusst, dass Alex gerne Tacheles redete, aber jetzt ging sie zu weit. Glaubte sie so wenig an ihn? Dann wiederum kannte sie ihn noch nicht lange genug, um ihn gut einschätzen zu können.

Eine Weile war es still zwischen ihnen, beide tranken ihren Kaffee und schaukelten in ihren Stühlen und waren in ihren eigenen Gedanken gefangen.

„Lass die ehelichen Klauseln weg und ich unterschreibe es", sagte Cam nach einer Weile. „Wenn du etwas auf Papier brauchst, dann unterschreibe ich den Rest."

Alex warf ihm einen abschätzenden Blick zu und nickte dann.

„Ok. Hast du einen Drucker? Ich kann meinem Anwalt sagen, dass er morgen einen neuen Vertrag schickt."

„Ja. Mein Vater hat eine nette Anlage in seinem Büro. Das sollte kein Problem sein", sagte Cam.

Alex presste ihre Lippen aufeinander und starrte in ihre Kaffeetasse. Sie schien nicht zu wissen, wie sie weitermachen sollte, also entschied Cam sich dafür, die Stimmung ein wenig zu erheitern.

„Hey, wir sollten später laufen gehen. Lass unsere Bären zusammenlaufen. Es ist wunderschön da draußen bei Nacht, jede Menge Sterne. Ich glaube, es ist fast Vollmond. Ich kenne eine gute Stelle, wo wir den Meteoritenschauer beobachten können", schlug Cam vor.

Alex drehte sich mit einem kleinen Lächeln zu ihm um.

„Das würde mir gefallen", sagte sie.

Sie saßen bis zur Abenddämmerung dort, sie standen nur auf, um ihre Kaffeebecher aufzufüllen und um ein wenig von Ma's Lasagne zum Abendessen abzubekommen. Sie sprachen ein wenig mehr über eine Zukunft, und vermieden die Themen der Verpartnerung oder Verträge, sie genossen einfach die Anwesenheit des anderen. Alex erzählte ihm von ihren Hobbys, dass sie gerne wanderte und fotografierte, dass sie sogar ihre eigenen Fotografien in der Dunkelkammer eines Freundes entwickelte. Cam gab zu, dass er in seiner freien Zeit Sport trieb und das Nachtleben von Chicago entdeckte. Er probierte gerne neue Bars und Restaurants aus, und schaute sich Shows an, die einheimische Songwriter zeigten.

Alex gab ihm noch ein wenig Hintergründe über ihre Familie und ihre Adoption, sogar ein wenig über die Reihe von Pflegefamilien in denen sie gelebt hatte, ehe die Hansards sie adoptiert hatten. Als sie ihm erzählte, dass Alfred England seit ihrer Geburt von ihr wusste und sie dennoch im Pflegesystem gelassen hatte, ließ die Bitterkeit in ihrem Ton Cams Magen umdrehen. Seine Fäuste verkrampften sich, als er an die verschiedenen Dinge dachte, die Alex gehabt hätte, wenn ihr Alphavater ein bisschen weniger Scheißkerl gewesen wäre.

Das Nachhallendste was Alex preisgab, war, dass sie erst vor Kurzem begonnen hatte sich regelmäßig zu verwandeln, da sie ihre Berserker Neigungen irgendwie vor ihren Freunden und Pflegeeltern geheim gehalten hatte. Cam war überwältigt, weil er sich ein Leben, in dem er sich nicht regelmäßig verwandeln und laufen konnte, nicht vorstellen konnte; sein Bär war die Hälfte seiner verdammten Persönlichkeit, soweit er sich bewusst war.

Alex verließ Cam am späten Nachmittag, um ein wenig zu schlafen und Cam bemerkte, dass er froh um die Ruhe war. Er ging die vielen Themen durch, die sie noch anpacken mussten, und versuchte herauszufinden, wie er die am besten angehen sollte. Nachdem er ernsthaft darüber nachgedacht hatte, entschloss er sich, dass er Alex ein wenig mehr umwerben sollte und versuchte einige seiner besseren Qualitäten zu zeigen, damit sie ihn in einem besseren Licht sehen würde.

Obwohl er ehrlich von ihrem Körper und ihrer Persönlichkeit angezogen war, wollte er nicht, dass sie in so etwas Ernstes wie eine Partnerschaft ging, wenn sie nicht dasselbe für ihn empfand. Er hatte sie ihre angehende Beziehung so bezeichnen lassen, wie es ihr gefiel, aber er würde das nicht durchziehen, solange er nicht wusste, ob er sie auf längere Zeit glücklich machen würde.

Um zehn Uhr packte er eine Decke, ein paar Kleidungsstücke, eine Flasche Wein und einen leichten Snack in einen Picknickkorb. Er machte eine kurze Wanderung zu einer Stelle, die seine Familie *den Felsen* nannte, er fand seinen Weg dorthin nach so vielen Besuchen mit Leichtigkeit. Es war nur eine fünfzehnminütige Wanderung vom Haus entfernt, eine natürlich hohe Stelle, zustande gekommen durch einen steinigen Felsvorsprung, der einen tollen Blick auf den glitzernden Montana Nachthimmel frei gab.

Er ging zurück zum Haus, trat hinein und fand eine verwirrt aussehende Alex, die ihn erwartete. „Oh, da bist du", sagte sie und ihre Erleichterung war offensichtlich. „Ich habe dich überall gesucht und schon gedacht du wärst tot."

Cam kicherte und schüttelte seinen Kopf.

„Nein. Ich mache mich nur für unser Date heute Abend fertig", sagte er.

Ihre Lippen zuckten und sie schaute ihn neugierig an.

„Ist es denn Zeit jetzt?", fragte sie und überprüfte ihre immer anwesende Uhr am Handgelenk.

„Ja. Und du solltest die Uhr mit deiner Kleidung hierlassen", sagte er.

Alex runzelte die Stirn und Cams Lächeln wurde zu einem teuflischen Lächeln.

„Ich bin mir nicht sicher, ob ich diesem Plan zu stimme, auch wenn ich die Einzelheiten nicht kenne", sagte sie.

„Du machst dir zu viele Sorgen. Lass uns rausgehen und uns verwandeln. Ich will vor dem Meteoritenschauer noch ein wenig laufen", sagte er und schob sie hinaus. Alex forderte, dass sie sich nicht anschauten, als sie sich auszogen und sich verwandelten, sie ließ Cam sich fragen, ob sie sich mehr Sorgen darüber machte, dass er sie nackt sah oder wie sie sich verwandelte. Wie sie selbst zugegeben hatte, verwandelte sie sich nicht oft und es schien unwahrscheinlich, dass sie das oft vor anderen machte.

Als er mit dem Verwandeln fertig war und sich umdrehte, um sie anzusehen, blieb ihm die Luft weg. Sie war ein atemberaubender brauner Bär, ihr Fell war glänzend, mit einer Kastanienfarbe auf ihrem Kopf, Rücken und der Brust, die sich über ihren Füßen verdunkelte. Cam gab ihr einen Moment, um die riesige Grizzly Form in sich aufzunehmen, ehe er zufrieden schnaubte und an ihrem Hinterbein schnüffelte und ihr signalisierte ihr zu folgen.

Cam gab einen langsamen Schritt vor, schlenderte in einem kilometerlangen Bogen, der sie um die Lodge führte und dann in die Nähe des Felsens. Alex hielt ohne Probleme Schritt mit ihm, sogar als er für den letzten Viertelkilometer einen Sprint hinlegte. Er war überrascht von ihrer Geschwindigkeit und ihrer Kondition, er hatte Probleme, sich die stilbetonte, kein Haar an der falschen Stelle sitzende Alex vorzustellen, wie sie zum Sport ging und wie ein Teufel schwitzte, aber sie war auf jeden Fall in Form. Ihre mühelose schicke Persönlichkeit musste mehr Arbeit kosten, als die Menschen sahen.

Als sie die letzten Schritte zum Felsen hochliefen, verwandelte Cam sich zuerst und störte sich nicht daran, dass Alex einen guten Blick auf seinen nackten Körper bekam. Er arbeitete hart daran, genauso wie sie mit ihrem Stil und er genoss die Bewunderung von einer schönen Frau. Alex passte mehr als zu der Beschreibung.

Er kniete sich neben einen Picknickkorb und zog zwei seiner T-Shirts und zwei Paar Pyjama Hosen hervor, sogar eine, die er aus ihrem Koffer gemopst hatte, als sie geduscht hatte. Er glitt in ein Paar weicher Flanellhosen, dann überreichte er ihr ihre Kleidung. Er winkte ihr zu und verpasste die Tatsache nicht, dass ihr Blick heiß auf seinem nackten Körper ruhte.

Cam drehte sich um, um ihr ein wenig Privatsphäre zu geben und ging zum Picknickkorb zurück, um sein eigenes Shirt anzuziehen und die dicke Wolldecke auszubreiten, die er mitgebracht hatte. Alex trat ein paar Momente später auf die Decke, ihre Lippen verzogen sich zu einem Lächeln.

„Ist das unser Date?", fragte sie.

„Das ist es. Ich hoffe, du hast nicht nach etwas Schönerem gesucht", sagte er mit einem Grinsen.

„Das ist recht romantisch, Cam", sagte sie und hörte sich ein wenig überrascht an.

„Hey, ich kann auch charmant sein", wehrte er sich.

„Oh, ich bin mir sicher, dass du das kannst", sagte sie und ihr Lächeln verschwand ein wenig.

„Mein Gott. Du bist das einzige Mädchen, das hier her mitgenommen habe. Vertrau mir ein wenig, okay?"

Cam schüttelte seinen Kopf bei ihrem beharrlichen Glauben, dass er sie so behandelte, wie sie glaubte, dass er es mit so vielen getan hatte.

„Tut mir leid", sagte sie, aber ihr Schulterzucken sagte, dass ihre Gefühle sich ein wenig verändert hatten.

Verdammt. Cam hatte gehofft, sie heute Nacht zu verführen und sie nackt unter dem Sternenhimmel zu sehen, aber jetzt wusste er, dass er die Dinge noch ein wenig hinhalten musste. Anscheinend folgte sein Ruf ihm und er musste Alex zeigen, dass er keine männliche Schlampe war. Wenn er ehrlich zu sich selbst war, war sein Ruf zumindest ein wenig gut verdient.

„Okay. Lass uns mal sehen, was wir hier haben. Komm, setz dich zu mir", drängte er. Er packte den Picknickkorb aus und zog zwei Flaschen, Plastikbecher und eine Auswahl aus Fleisch, Käse, Toastscheiben und andere Nettigkeiten heraus, die er auf ein Holzbrett legte.

„Jetzt wird's angenehm", sagte Alex und ihr Lächeln kam zurück.

„Na ja, ich kann hier kein vier Gänge Menü zaubern, aber ich nehme an, Snacks sind immer ein Bonus auf einem Date. Ich habe auch eine Weinflasche und eine Flasche Apfelschorle."

„Apfelschorle hm?", sagte Alex und warf ihm einen neugierigen Blick zu.

„Mir ist aufgefallen, dass dir der Rotwein beim Abendessen nicht so gut geschmeckt hat und ich habe keinen Weißwein, den ich dir anbieten kann. Mein Vater hasst Weißwein und weigert sich, ihn im Haus zu haben."

„Ah, ich verstehe. Na ja, dann lass uns ein wenig Saft trinken. Er sieht ziemlich gut aus", sagte sie amüsiert.

Cam öffnete die Flasche und goss

ihnen etwas in die Gläser und sie prosteten sich zu, ehe sie was tranken.

„Lass mal sehen. Es gibt Schinken, Coppa, Mortadella", sagte er und zeigte auf jeden Gegenstand auf dem Schneidebrett. „Und Ziegenkäse, Brie, eine Art gereiften Cheddar, Feigenmarmelade, Oliven und ein paar seltsame Gurken, die meine Mutter macht."

„Sieht nach Giardiniera aus", sagte Alex.

„Ja, das hört sich richtig an. Ich habe keine Ahnung, woher du weißt, was das ist", sagte Cam mit einem Kichern.

„Sie legen es auf italienische Rindfleisch Sandwiches. Die Frage ist, wie kannst du in Chicago leben und das nicht wissen?", fragte Alex.

„Ach, diese Dinge sehen immer so schrecklich aus. Die Menschen müssen es praktisch über die Theke gebeugt essen und ihre Körper weglehnen, damit sie nicht mit Sandwichsaft bedeckt sind. Das ist würdelos."

Alex warf ihren Kopf zurück und lachte.

„Gott, wir werden das beheben, wenn wir wieder in Chicago sind. Du kannst T-Shirt und Jeans tragen und dann geht's los", sagte sie, ihre großen marineblauen Augen schimmerten vor Fröhlichkeit.

„Na ja fürs Erste ...", sagte Cam und rollte mit seinen Augen und legte ein wenig Fleisch und Käse auf eine Toastscheibe.

„Mmhh", sagte Alex. „Dieser Ziegenkäse ist unglaublich."

„Ja, der kommt von den Nachbarn, ob du es glaubst oder nicht", sagte Cam.

Sie aßen ein paar Minuten und neckten sich, ehe Alex den ersten fallenden Stern sah.

„Oh mein Gott!", quietschte sie aufgeregt. „Schau, schau! Oh, da ist noch einer!"

Cam nickte und trank seinen Apfelsaft und sah die Sterne, die platzten und sich über dem dunklen Himmel verbreiteten.

„Sie sind so schön", flüsterte Alex und neigte ihren Kopf zurück und lehnte sich zurück, um zuzuschauen. Ihr feuerrotes Haar fiel ihr in dicken, wallenden Wellen über ihre Schultern und ihren Rücken, die blasse Säule ihres Halses lag frei. Ihre Position drückte ihre unglaublichen Brüste hoch und als Cam endlich seine Augen von ihrer Brust reißen konnte, wurde er wieder völlig von ihren plumpen, rosa Lippen in den Bann gezogen.

Jeder Zentimeter von Alex war unglaublich, einfach perfekt proportioniert und Cam musste sich bewegen, um seine wachsende Erektion zu verstecken. Seine Erinnerungen an ihre erste Nacht zusammen waren verschwommen und er wollte nichts weiter als das noch einmal zu entdecken, die dünnen Schichten Stoff von ihr schälen, um ihre cremige weiche Haut zu berühren und zu schmecken.

„Du siehst nicht mal in den Himmel", sagte Alex und holte ihn aus seiner Träumerei.

Cam grinste und fühlte sich erwischt.

„Es ist nicht meine Schuld, dass du geformt bist wie ein ..." Er winkte mit einer Hand um ihren ganzen Körper anzuzeigen. „Mann, guck dich doch mal an, Alex."

Sie wurde rot und rollte mit den Augen, aber er dachte, ihr gefiel sein Kompliment. Er fragte sich, ob sie auf Dirty Talk stand. So ein anspruchsvolles Stadtmädchen, das sie war, war Cam gewillt, zu wetten, dass sie das tat. Ihm gefiel sie so, lässig und ein wenig zerzaust, aber er wollte mehr. Er wollte sie ficken, aber er wollte sie auch necken, sie dominieren. Alex zu zähmen wäre unmöglich, aber er konnte sie für ein paar Momente einfangen, seine Hände um ihre fröhliche Seele schlingen und sie zu seiner machen.

Er strich Alex das Haar aus ihrem Gesicht und dem Nacken.

„Alex wirklich. Du bist so wunderschön", sagte er.

Ihre Lippen verzogen sich nach oben und Cam konnte nicht widerstehen und lehnte sich näher und berührte ihre Lippen an den Mundwinkeln. Alex Atem ging stoßweise und sie lehnte sich ein wenig näher, ihre Brüste streifen Cams Arm. Sie trug nichts unter seinem Shirt und er konnte die weiche Wärme ihrer Brust durch das dünne Material spüren.

Ehe Cam noch bemerkte, was er tat, zog er Alex mit einem Ruck auf seinen Schoss. Er eroberte ihren Mund, seine Lippen arbeiteten an ihren, bis sie sie für ihn öffnete und die Süße ihrer Zunge schmeckte. Er erwischte eine Strähne ihres langen Haares in seiner Faust und zog sanft daran und ließ sie wissen, dass er die Kontrolle hatte. Er knabberte an ihrer Unterlippe, während seine freie Hand ihre Brust umfasste, sie hob und wog, und den üppigen Ballon umfasste.

Er konnte sehen, wie ihre Nippel sich versteiften, und das ließ seinen Mund wässrig werden.

Alex keuchte und ließ Cam ihren Kopf zurückziehen, sodass ihr Rückgrat sich beugte und diese wunderbaren Brüste in Richtung sein Gesicht gedrückt wurden. Er ließ ihr Haar los und umfasste und hob beide ihre Brüste hoch und brachte einen harten Nippel an seine Lippen. Er rieb seine Lippen an ihrem Nippel durch den Stoff und liebte das leise Stöhnen, das sie hervorstieß.

Cam schob ihr Shirt bis zu ihrem Schlüsselbein hoch und befreite ihre großzügigen Brüste. Sie waren riesig und perfekt rund, ihre Nippel waren groß und blütenrosa und verführerisch. Er gab der einen Seite ihrer Brust einen sanften Schlag und grinste, als sie vor Überraschung zusammenzuckte.

„Du hast die schönsten Titten, die ich je gesehen habe, Alex. Wusstest du das?", fragte er und lehnte sich nahe herüber und streifte sein bärtiges Kinn über einen der sensiblen Nippel. Er nahm die harte Spitze zwischen seine Fingerspitze, während er wieder ihre Lippen küsste und die steife Spitze rollte und zwickte. Alex reagierte und drückte sich in seine Berührung, ihre Hüften rollten, ihr Po rieb sich über seine Erektion.

„Mmmm", flüsterte Cam an ihren Lippen und genoss ihre Erregung. Er konnte es in der Luft spüren, das ließ seinen Körper anspannen und schmerzen und er dachte an die zarten rosa Tiefen ihrer Muschi. Er wollte sie so sehr, schon fast schlimm genug, um das Versprechen zu brechen, dass er nur vor ein paar Minuten gemacht hatte. Aber nein, er musste die Dinge einfach halten. Er konnte sie befriedigen, ihren Körper entdeckten, aber er musste seinen Schwanz heute Abend in seiner Hose behalten.

„Alex", sagte er und wartete, bis ihre Augenlider aufgingen, ehe er wieder sprach. „Ich werde dich ausziehen. Ich werde dich anfassen und dich schmecken und werde dich kommen lassen. Aber ich werde meine Sachen anbehalten, verstehst du?"

Die Lust in Alex Augen flackerte für einen Moment und wurde von Verwirrung ersetzt.

„Warum?", fragte sie.

„Weil ich das so sage", war seine einzige Antwort, ehe er sich bewegte und sie auf die Decke legte. Ihre Hose war sofort ausgezogen und Cam musste sich zurücksetzen, um den Anblick zu genießen. Sie war wirklich unglaublich, mit ihren Brüsten und Hüften und ihren bebenden Schenkeln.

Cam teilte ihre Knie und bemerkte, dass ihr ordentlich gestriegeltes Schamhaar ein wenig heller als das auf ihrem Kopf war, schon fast blond. Als Alex reflexartig ihre Beine schloss, ließ er sie und war zufrieden, sie wo anders zu entdecken.

Er kniete sich neben ihr und umfasste ihre Brüste und knetete das weiche Fleisch, er liebte es, wie geschmeidig sie sich anfühlte. Er lehnte sich herunter, um ihre Nippel wieder zwischen seine Lippen zu nehmen, wirbelte seine Zunge darum und knabberte, bis sie keuchte und stöhnte. Seine Hände streichelten ihre Taille und Hüften, während er seine Aufmerksamkeit auf ihre andere Brust legte, seine Fingerspitzen neckten die sensible Haut an ihren Hüftknochen. Er strich mit den Fingerspitzen über das zarte Blond ihrer Schamlippen, dann streichelte er ihre inneren Schenkel.

„Öffne sie für mich, Alex. Lass mich dich sehen. Ich will sehen, was mir gehört", befahl er.

Als sie ihre Beine für ihn spreizte, entwich ihr ein hungriges Wimmern aus der Kehle, er musste ein lüsternes Grinsen zurückhalten. Sie war perfekt rosa und glitzerte vor Erregung, was seinen Schwanz pulsieren ließ. Er hatte das getan, er hatte ihren Körper bereit für seinen Schwanz gemacht.

„Du bist so nass für mich, Alex. Du

musst so geil sein", sagte er und fuhr federleicht mit einer Fingerspitze den Rand ihres Kerns nach.

Alex biss ich auf ihre Lippe und drückte sich auf ihre Ellbogen und beobachtete ihn mit vor Lust dunklen Augen. Wenn er sie so ansah, schien ihr marineblauer Blick so schwarz wie die Nacht.

„Nächstes Mal werde ich dich dazu bringen, mit mir zu sprechen. Vielleicht bittest du mich um etwas. Denk daran", sagte er zu ihr.

Cam drehte seine Position, bis er zwischen ihren Knien kniete, er drückte ihre Knie weiter auseinander. Er fand ihre Klit mit seinen Fingerspitzen, rieb in weichen Kreisen und ließ Alex keuchen und ihren Kopf zurückwerfen. Er tauchte tiefer mit seiner Fingerspitze ein und drückte sie mit einer langen, langsamen Bewegung auf ihren Kern. Sie presste sich an ihn, ihre heiße Nässe blieb an seinem Finger haften und ließ Cam sich wünschen, er würde sich an mehr von der ersten Nacht zusammen erinnern. Sie musste wirklich spektakulär gewesen sein, so heiß und eng und tief.

Cam zog sich zurück und ließ zwei Finger in ihren Kern gleiten und streichelte ihre Klit mit seinen Daumen. Ihre inneren Muskeln zuckten und Cam grinste, wissend, dass sie schon so nahe war. Es passte alles zum Plan, der sich in seinen Gedanken gebildet hatte, einer der enthielt, sie für jeden anderen Mann zu ruinieren. Sie würde nie von jemand anderen angefasst oder gefickt werden, das wäre ihre eigene Entscheidung. Nicht nachdem Cam sein ganzes Wissen und seine Fähigkeit bei ihr angewandt hatte, da war er sich sicher.

Cam drückte seine freie Hand auf ihren Unterbauch, dann nutzte er seine Finger, um eine Art von „verführerischer" Bewegung in ihrem Kern zu verursachen, als wenn er nach ihrem Bauchnabel griff. Er arbeitete, bis er ihren G-Punkt fand, was offensichtlich war, weil Alex praktisch heulte, ihren

Rücken durchdrückte und laut vor Lust zu stöhnen begann.

„Ah, da ist er also", sagte Cam schon fast gesprächig, wissend, dass Alex überhaupt nicht zuhörte.

Er pumpte und beugte seine Finger, drückte seine Hand auf ihrem Bauch, um den Druck und die Intensität seiner Berührung zu erhöhen, und fühlte, wie sie Schritt für Schritt enger wurde und sich zusammenkrampfte, bis er sicher war, dass sie explodieren würde. Erst dann zog er seine freie Hand weg und drehte sich, sodass er sich hinunter lehnen konnte, um an ihrem Schamhaar zu schnüffeln. Er ließ langsame Küsse fallen, verlangsamte die Bewegung seiner Finger, um ihr einen Moment zu geben, seine Absicht zu erkennen und ihre Vorahnung aufbauen zu lassen.

Alex Hand legte sich auf die Seite seines Kopfes, ihre Finger tauchten in sein Haar und Cam kicherte an ihrem bedürftigen Fleisch. Er küsste sanft ihre Klit und liebte ihr verlangendes Stöhnen. Er fuhr mit seiner Zunge über den Knopf und pumpte seine Finger härter und streichelte ihren G-Punkt. Dann schloss er seine Lippen über ihre Klit und saugte hart und trommelte mit seinen Fingerspitzen in ihrem Kern.

Alex kam mit einem Schrei, sie zitterte und keuchte. Cam saugte an ihrer Klit und pumpte seine Finger in sie und half ihr, auf der Welle ihres Orgasmus zu reiten, bis sie seinen Kopf mit einem Stöhnen wegzog. Er setzte sich hin und beobachtete sie in ihrer Glückseligkeit, einen Arm hatte sie über ihre Augen gelegt, um die Welt auszuschließen.

Er war schon fast fertig mit ihr für heute Nacht. Es gab nur noch eine weitere Sache, die er ihr zeigen musste.

„Alex setz dich hin", sagte er und zog ihren Arm vom Gesicht.

Sie gehorchte und sah ein wenig durcheinander aus.

„Das war ... was ...", war alles, was sie hervorbrachte.

Cam zog sie nahe zu sich und kniete

sich neben ihr. Er küsste sie wieder und umfasste ihre Brüste, seine Daumen neckten ihren Nippel. In nur Momenten hatte er erneut ihr Interesse, ihr Atem wurde flach.

„Ich bleibe bei meinen Worten", sagte er. „Ich werde dich heute Nacht nicht ficken, Alex. Aber ich will dir etwas zeigen."

Er zog sein Shirt ein wenig hoch, dann schob er seine Pyjamahosen nur ein paar Zentimeter über seine Hüften. Sein Schwanz kam heraus, lang und dick und schmerzend. Alex Blick wurde wie magnetisch davon angezogen, ihre Hand hob sich ein paar Zentimeter, als wenn sie ihn anfassen wollte. Cam nutzte den Moment, griff nach ihrer Hand und drückte ihn auf den Grund seines Schwanzes. Als ihre Finger sich darum schlossen oder zumindest soweit es ging, kniff er seine Zähne zusammen und stählte sich.

„Ich will einfach, dass du mich anfasst, damit du weißt, wie hart du gefickt werden wirst. Wenn ich dich beuge und tief ficke", sagte er und legte seine Hand auf ihre, um sie zu überreden, seine pochende Erektion zu streicheln. „Du wirst meinen Schwanz nie vergessen, Alex. Du wirst alles bekommen und mich um mehr anbetteln."

Alex schaute von ihrem Gesicht zu seinem Schwanz hin und her, verstärkte ihren Griff und streichelte neckend mit ihrem Daumen über die dicke Krone. Es war körperlich schmerzvoll für Cam sie aufzuhalten, aber er musste ihre Hand wegziehen. Er war am Abzug, sein Körper wollte ihre Berührung so sehr, dass er kurz davor stand, sie zu bitten, ihn einfach so zu wichsen und ihm eine kleine Erleichterung zu geben. Noch schlimmer, das Tier in ihm argumentierte, dass sie zuschauen könnte, während er seinen eigenen Schwanz streichelte und anschließend sein perlenartiges Sperma auf ihre üppigen Brüste spritzte.

„Das reicht", presste Cam hervor.

„Ich will, dass du das verstehst. Du sollst verstehen, dass du ordentlich gefickt werden wirst, das hast du oder, Alex? Oder wie gefickt du sein wirst, sollte ich wohl eher sagen."

Alex warf ihm einen abschätzenden Blick zu, während er seine Pyjamahosen wieder hochzog, und seine Erektion im Hosenbund versteckte. Er wünschte sich so sehr, dass er komplett in ihr steckte, anstatt ihre Anspannung für weitere Tage aufzubauen. Gott, wie würde er noch ein paar Tage aushalten können? Er würde es sich selbst in der Dusche besorgen müssen, wie ein geiler Teenager. So verliebt war er in Alexandra Fucking Hansard.

Er konnte nicht länger auf ihren nackten Körper schauen ohne das letzte bisschen seiner Selbstkontrolle zu verlieren. Cam sammelte ihre Hose und ihr Shirt ein und machte weiter damit, sie anzuziehen. Sie ließ ihn alles machen, die ganze Zeit beobachtete sie ihn mit einem unergründlichen Blick. Sobald er sich ausreichend davon abgekühlt hatte sie anzufassen, griff Cam ihre Hand und zog sie zum Rand des Felsens.

„Es gibt immer noch ein paar Sterne", sagte er und zeigte auf ein schwaches Licht weit weg im Osten.

„Ich habe einige gesehen", sagte Alex und ihre Lippen verzogen sich zu einem Lächeln. Cam konnte nicht anders und musste lachen und dann legte er einen Arm um ihre Taille. Er zog sie nah an sich und drückte ihre Hüfte an seine. Er konnte immer noch ihren Orgasmus riechen, dieser süße Hauch ihrer Aufregung, vermischt mit Schweiß und er wollte stöhnen. Er nahm seinen vorherigen Gedanken über den Teenager zurück, nachdem er erneut darüber nachgedacht hatte. Der Teenager Cameron Beran war noch nie so hart bei einem Mädchen geworden, er hatte nie viel Aufheben um ein Mädchen gemacht, wenn er sie nicht innerhalb von einer Woche gefickt hatte.

Vielleicht heißt das erwachsen sein?, fragte Cam sich.

Er drehte sich um und bemerkte, wie Alex ihn ansah. Sie streckte ihren Arm aus und fuhr die dicken schwarzen Linien des Tattoos auf seinem Vorderarm nach, ihr Blick wurde neugierig.

„Die sind so schön. Bedeuten sie etwas?", fragte sie.

„Das sind traditionelle Wikingersymbole. Ich wollte etwas, das mein Erbe präsentiert und das war einfach cooler als Teddy Bären", witzelte Cam.

Alex nickte. Sie war eine Weile ruhig. Cam bemerkte, dass er sie faszinierend fand; ihr Gesicht war so vielsagend, er konnte sich schon fast denken, in welche Richtung ihre Gedanken gingen, noch ehe sie sprach. Klug, wunderschön und offen mit ihren Gedanken und Gefühlen ... Ja, Alex war schon ein Fang.

„Wird all das mal dir gehören?", fragte Alex und holte ihn aus seinen Gedanken, als sie auf die Landschaft unter ihnen zeigte.

Cam spannte sich an; ihre Worte kamen unerwartet. Er schluckte und dachte einen Moment nach.

„Ich würde gerne so denken, aber das ist kompliziert. Mein Bruder Wyatt ist älter und er ist so dominant wie ich. Er hat eine echte Chance, aber ..." Cam hielt inne und dachte nach. „Ich weiß nicht. Er kann das nicht ohne Partnerin machen und ich sehe nicht, dass er plant sich niederzulassen."

„Was ist mit der Alpha Anordnung? Muss er keine Partnerin nehmen?", fragte Alex.

„Nein, ich meine, er müsste ein einsamer Wolf werden und sein eigenes Land finden, auf dem er laufen kann. Aber er kommt sowieso selten hierher. Ich glaube nicht, dass das eine große Veränderung für ihn wäre. Seine einzige Attraktion an diesem Ort ist selber Alpha zu werden. Ich bin mir nicht sicher, ob er das groß durchdacht hat. Wenn er Alpha wird, muss er hierherziehen. Er würde Verantwortung tragen.

Keines dieser Dinge gehören zu Wyatts Prioritäten, soweit ich weiß."

„Ich wusste nicht, dass du eine Partnerin brauchst, um Alpha zu werden", sagte Alex und ihre Stimme wurde ein wenig leiser.

„Im Allgemeinen nicht, nein. Aber um meinen Vater zufriedenzustellen und seine Zustimmung zu bekommen? Ja natürlich."

„Ah", sagte sie. Nach einem Moment machte sie sich von seiner Umarmung los und drehte sich wieder in Richtung Decke. „Wie weit ist die Lodge von hier entfernt?"

Cam wusste, er hatte etwas Falsches gesagt, aber zum Teufel, er konnte nicht herausfinden, was es war.

„Hm ... Fünfzehn Minuten wahrscheinlich", sagte er und fuhr sich mit der Hand durchs Haar.

„Kannst du mich zurückbringen? In menschlicher Form, meine ich."

„Ja, natürlich."

Cam half ihr, das Picknick einzuräumen, und überdachte ihren plötzlichen Stimmungswechsel. Er führte sie den Weg hinunter, weg von dem Felsen und zeigte auf die Lodge in der Entfernung. Als sie nicht antwortete, sondern lediglich ihre Fußschritte beobachtete, während sie ging, hätte Cam vor Frust knurren können.

„Alex, habe ich etwas gesagt, was dich verärgert hat?", fragte er schließlich.

Sie schaute ihn kurz an, ein Lächeln umspielte ihre Lippen.

„Nein, nichts was ich nicht schon wusste", sagte sie.

Sie ging schneller und ging jetzt vor ihm und ließ ihn sich fragen, was zum Teufel das heißen sollte.

9

Als die Sonne am nächsten Abend unterging und die Gäste für die Party seiner Mutter ankamen, wurde Cams Laune immer schlechter. Alex hatte ihn praktisch abgelehnt seit gestern, sie war sogar so weit gegangen, auf der Couch zu schlafen. Dann hatte sie sich freiwillig für jede kleine Vorbereitung für die Party gemeldet und ein Lächeln aufgesetzt, das so gezwungen fröhlich war, dass es schon beängstigend war. Mehrere Male hatte Ma sich mit einem fragenden Blick zu ihm umgedreht, empathisch wie seine Mutter war, hatte sie natürlich Alex kochende Wut bemerkt.

Cam konnte nur mit den Achseln zucken und seinen Kopf schütteln. Er überdachte es wieder und wieder und fragte sich, was sie so verärgert hatte. Etwas, was mit seiner Familie zu tun hatte, aber was? Dachte sie, er wäre undankbar seiner Familie gegenüber, wegen dem, was er über seinen Vater gesagt hatte? Er konnte es einfach nicht herausfinden. Wenn er es könnte, würde er sich entschuldigen und damit wäre die ganze Sache erledigt.

Cam schüttelte erneut seinen Kopf und schleppte das letzte kühle Bier nach draußen. Er blieb neben seinem Bruder Luke stehen.

„Du siehst sauer aus", sagte Luke. Cams ältester Bruder war normalerweise kurz angebunden, etwas was Cam zu schätzen wusste. Zumindest sagte Luke, was er meinte, kurz und knapp. Luke war vielleicht nicht mehr in der Armee, aber er war wirklich durch und durch

Soldat. Sogar jetzt beobachtete er jede Bewegung der Gäste, die sich auf der großen Veranda der Lodge sammelten, anstatt sich zu unterhalten.

„Scheiß Frauen", sagte Cam anstelle einer Antwort.

„Oh. Ja", sagte Luke. Er drehte sich um und griff in eine der Kühltruhen und zog ein Soda heraus.

„Trinkst du immer noch nicht?", fragte Cam.

„Nie wieder", sagte Luke. „Erinnerst du dich an Ma's letzte Party?"

Cam lachte und nickte. Luke hatte sich bis zu einem peinlichen Grad volllaufen lassen und hatte sich selbst zum Idioten gemacht.

„Wahrscheinlich eine gute Idee", stimmte Cam zu. Sie standen rum und beobachteten zwei weitere Autos voll mit Menschen, die vor dem Haus zum Halt kamen, alle hielten in der Nähe des Barbecues an, um Cams Vater zu begrüßen. Er akzeptierte das respektvolle Verhalten seiner Cousins, Josiah Beran war sicherlich nicht jemand, denn man verärgern wollte.

Cam sah Alex rotes Haar am Barbecue blitzen und sah, dass sie sich mit Faith und Charlotte unterhielt. Ihr Gespräch schien fröhlich, es gab viel Handwedeln und Gelächter. Lukes Partnerin Aubrey gesellte sich zu ihnen und schüttelte Alex die Hand, die sich umdrehte und einen kurzen Blick auf Cam und Luke warf.

„Was hast du getan?", fragte Gavin, als er plötzlich hinter ihnen auftauchte und Luke auf die Schulter schlug. „Alex gibt dir grad einen Arschloch Blick."

„Ja, ich weiß", keifte Cam.

„Na ja, was wirst du dagegen tun?", fragte Luke.

Cam drehte sich um, um seinen Bruder anzustarren, und dachte über seine Worte nach. Wyatt kam zu ihnen herüber und hatte bereits ein Bier in der Hand.

„Was ist los?", fragte Wyatt anstatt einer Begrüßung.

„Cam hat ein Problem mit seiner neuen Freundin", erzählte Gavin.

„Welches Mädchen", fragte Wyatt und ein gefährliches Schimmern blitzte in seinen Augen.

„Die Rothaarige dort bei meiner Freundin", sagte Luke und zeigte auf Alex.

„Ziemlich rothaarig, tatsächlich", sagte Wyatt und nahm einen langen Schluck von seinem Bier. „Sieht eher aus, als wenn du das gerade nicht handhaben könntest, Cam. Überlasse sie lieber jemandem, der sich auskennt."

Camerons Zähne lösten sich von seinen Lippen und ehe er sich versah, knurrte er Wyatt an. Ein tiefes kehliges Knurren, das laut genug war, um die Aufmerksamkeit von jedem in einem Umkreis von zwanzig Schritten auf sich zu ziehen.

„Wyatt sei still", sagte Luke und hielt eine Hand hoch, um Cam davon abzuhalten sich auf Wyatt zu werfen. „Wenn du einen Streit anfängst, egal wer von euch, dann werf ich euch in den Dreck."

Cam konnte sehen, dass Luke es total ernst meinte, aber man musste ihm nicht sagen, dass er die Party seiner Mutter nicht ruinieren sollte. Es würde monatelange Auswirkungen seitens seiner Mutter geben; Luke kannte das Risiko besser als alle anderen, nach seinem kleinen Whisky Vorfall auf der letzten Beran Party.

„Ihr Männer seid so humorlos", beschwerte Wyatt und rollte mit seinen Augen. „Cam, dass Einzige was helfen wird, ist ein Ausflug an die Bar. Sie haben Buffalo Trace Bourbon und heilen alle Wehwechen. Kommst du?"

Cam wusste es besser, aber das sture Arschloch in ihm dachte, dass sich ein wenig Whiskey genau richtig anhörte. Also folgte er Cam und ignorierte Luke und Gavins schüttelnde Köpfe und fand eine Stelle an der vollen Bar. In nur wenigen Minuten goss ihnen eine schöne Brünette ein paar Shots ein.

„Noch einen!", sagte Wyatt nach dem Ersten. Und der zweite und der dritte. Als er nach einem Vierten rief, schüttelte Cam seinen Kopf.

„Ich werde mich nicht besaufen, Ma wird mich umbringen", sagte Cam. „Mach auf deine eigene Verantwortung weiter, Bruder."

„Okay. Dann lass uns reden. Was wirst du mit deiner Freundin machen?", fragte Wyatt und warf Alex einen anzüglichen Blick zu.

„Hör auf, sie so anzusehen. Und ich weiß gar nicht, was ich überhaupt getan habe, also werde ich nichts tun", meckerte Cam.

„Es gibt nur einen klassischen Schritt in diesem Szenario. Wenn eine Frau stur ist, dann gibt es einen todsicheren Weg ihre Stimmung zu ändern", sagte Wyatt und bestellte ihnen eine Runde Bier.

„Ich höre", sagte Cam. Das machte er nicht wirklich. Er dachte darüber nach, wie Whiskey seinen Magen wärmte und gleichzeitig sein Gehirn weich machte und ihn sich wirklich locker fühlen ließ. Sein Gehirn fiel mehrmals über einen Satz und er lächelte.

„Ist doch klar, mach sie eifersüchtig", sagte Wyatt. Er stieß einen Ellenbogen in Cams Seite und ließ Cam zusammenzucken. „Hey, hör mal zu Dummkopf. Du musst mit einem anderen Mädchen flirten, zeig Anna –"

„Alex", korrigierte Cam.

„Wie auch immer. Zeig ihr, dass du einen höheren Wert hast, als sie, indem du mit vielen heißen Damen flirtest. Dann wird sie eifersüchtig und kommt ganz schnell zu dir zurück. Das ist die Wissenschaft", verkündete Wyatt.

Cam blinzelte seinen Bruder an.

„Wovon zum Teufel sprichst du? Woher hast du das?", fragte er.

„Ich habe es irgendwo online gelesen", sagte Wyatt und wandte seinen Blick ab.

„Und du sagst, davon wird Alex netter zu mir sein?", fragte Cam sich laut. In seinem schlappen, mit Bourbon betriebenen Gehirn konnte er es sehen. Ein wenig harmlose Flirterei und dann, wenn Alex eifersüchtig würde, würde er endlich in der Lage sein, sie zur Vernunft zu bringen.

„Ja", bestätigte Wyatt.

„Ich muss warten, bis der Whiskey abklingt", seufzte Cam.

„Nee, besser nicht", sagte Wyatt. Er streckte seine Arme aus und griff nach einer vorbeigehenden Blondine und warf ihr ein verführerisches Lächeln zu. „Wie heißt du mit Nachnamen, Süße?"

„Äh ... Kirk?", schluckte das Mädchen und warf Wyatt einen Blick mit ihren großen schokoladenfarbigen Augen zu.

„Bist du mit den Berans verwandt?", wollte Wyatt weiter wissen.

„Nein, ich bin als Jace Tripps Date hier", erwiderte sie.

„Toll", sagte Wyatt und schob das Mädchen in Cams Arme. „Das ist mein Bruder Cameron. Er ist Single."

„Ähm", brachte Cam hervor.

„H-hi", sagte das Mädchen und warf Cam ein unsicheres Lächeln zu. „Ich bin Melody."

„Eine weitere Runde, Barkeeper!", rief Wyatt. „Mach diesmal drei! Oder vielleicht vier?"

Wyatt beugte seinen Kopf hinunter und zwang Cam sich in seinem Sitz zu drehen. Er zögerte, als er sich von dem Mädchen befreite, dessen Namen er schon wieder vergessen hatte. Erst dann schaute er hoch, wie ein Reh im Scheinwerferlicht und fand Alex mit verschränkten Armen vor sich stehend. Ihr Gesichtsausdruck war gerade zu mörderisch.

„So zeigst du mir also deine Treue hm?", fragte sie und warf der mürrischen Blondine an Cams Seite einen gezielten Blick zu.

„Was?", heuchelte Cam vor Überraschung. „Wir sind doch nur Partner, die eine geschäftliche Beziehung eingehen. Wir haben doch einen Vertrag und alles, oder?"

Alex gab nach und ein wenig ihrer Wut ebbte ab.

„Geht es etwa darum?", fragte sie und neigte ihren Kopf.

„Es geht um gar nichts. Du warst doch diejenige, die mir Spielraum gegeben hat, mit Diskretion natürlich", sagte Cam. Er konnte das Lächeln auf seinen Lippen fühlen, aber er konnte es nicht aufhalten oder seine Zunge zügeln.

„Was ist das hier mit Diskretion und Verträgen?", wollte Wyatt wissen und mischte sich ein. Cam warf ihm einen kurzen Blick zu, aber Wyatt ging nicht darauf ein. Er schwelgte im Chaos, er lebte dafür.

„Das hat nichts mit dir zu tun", keifte Alex und knurrte Wyatt an. Sie hatte Cams Bruder in einer Sekunde abgeschätzt und Cam konnte sehen, dass sie Wyatts schmieriger Art nicht zustimmte.

„Wisst ihr", sagte Wyatt und legte einen Arm um Cameron, sodass die Blondine zwischen den beiden gefangen war und winkelte seinen Körper an, um

Alex absichtlich auszuschließen. „Ich habe eine ganz besondere Flasche im Auto. Lasst uns hier rausgehen. Es fühlt sich ein wenig eng an oder?"

„Ist das Wodka? Ich mag Wodka", sagte die Blondine und schien ahnungslos, um des Dramas, das sich um sie herum entfaltete. Als Wyatt ihr einen angewiderten Blick zu warf, zuckte sie die Schultern und war ruhig.

Cam schaute Alex an, dann Wyatt. Ein Teil von ihm wollte Alex zur Seite ziehen und mit ihr darüber reden, was er wollte. Ein Teil von ihm wollte sie ein wenig weiter ärgern und sie sehen lassen, dass er ein Fang war, dass sie froh sein sollte, dass sie seine Aufmerksamkeit bekam. Am Ende ließ sich Cam von Wyatt in Richtung Parkplatz ziehen und gab Alex ein hilfloses Schulterzucken.

„Du kannst auch kommen, weißt du", sagte Cam zu Alex. Ihr Stirnrunzeln erhellte seine Stimmung nicht unbedingt, aber er würde nicht einlenken. Einlenken war keine Eigenschaft, welche die Beran Männer in sich trugen; Alex würde das schon bald herausfinden.

Also ließ er Alex dort stehen, ihre Augen brannten Löcher in seinen Rücken, während er Wyatt und ihrer neuen blonden Begleitung in Richtung Auto folgte.

10

Es dauerte nur fünfzehn Minuten, ehe Cam bemerkte, dass er wirklich Probleme bekam. Wyatt hatte Cam und die Blondine auf die Vordersitze seines schwarzen SUV bugsiert.

„Nein, nein. Ihr bleibt vorne, ich würde mich gerne ein wenig ausstrecken", sagte Wyatt, als Cam protestierte. Cam schüttelte seinen Kopf und nahm an, dass es zumindest eine kleine Trennung zwischen dem Fahrer und dem Beifahrersitz gab, aber Wyatt ruinierte das sofort. Sein Bruder griff zwischen die Vordersitze und drehte sie über die Mittelkonsole, und veränderte die Vorderseite in eine gepolsterte Sitzbank.

Cams Magen senkte sich ein paar Sekunden später noch mehr.

„Na ja, verdammt wenn ich nicht meine beste Flasche im Haus vergessen hätte", sagte Wyatt und schüttelte seinen Kopf. „Ich werde sie holen. Nicht weggehen, okay?"

Und dann verschwand Wyatt und ließ Cam und das Mädchen schweigend im Auto zurück.

„Wie heißt du noch mal?", fragte er sie.

„Melody", antwortete sie und schaute ihn mit großen, koketten Augen an.

„Ich wünsche, er hätte die Schlüssel da gelassen, damit wir ein wenig Musik hören können", sagte Cam und lehnte sich nach vorne, um aus der Windschutzscheibe zu schauen. Er konnte sich noch nicht entscheiden, ob er wollte, dass Alex ihn sah oder ob er sie lieber nicht in der Nähe des Autos haben wollte. Er machte natürlich nichts, aber es schien, als wenn Alex ein wenig dramatisch war und dazu neigte Schlussfolgerungen zu ziehen, was ihn betraf.

„Also welcher Beran bist du?", fragte Melody und rutschte ein wenig näher auf der Bank. „Ihr Männer seht für mich alle gleich aus. Alle gut aussehend natürlich."

Melody ließ zwei Finger über den Sitz fahren, bis sie seine Jeans Oberschenkel erreicht hatte, dann nutzte sie ihre Fingerspitze, um Kreise über seine Kniescheibe zu fahren, dann höher, höher ... Ihre Flirterei war so offensichtlich und übertrieben, dass Cam zuerst lachte, und dachte sie macht Witze. Als sie ihre Hand über seine Schwellung legte, dachte Cam schnell nach.

„Hey, jetzt ...", sagte er.

„Melody. Du wirst dich noch an meinen Namen erinnern, Cowboy", sagte sie mit einem teuflischen Grinsen.

In einer Sekunde machte Melody ihren Schritt. Sie schob sich selbst auf

Cams Schoß, ihr Po streifte dabei das Lenkrad und ihre Titten pressten sich in sein Gesicht.

„Warte warte –", sagte er und riss seine Hände hoch, um sie wegzudrücken.

Melody hatte kein Interesse daran zu warten, wie es schien. Sie verschlang Cams Hand mit ihrer eigenen und hielt seine Finger fest. Dann lehnte sie sich herunter, als wenn sie ihn küssen wollte. So nah konnte Cameron den Alkohol in ihrem Atem riechen. Sie schien vorher gar nicht so betrunken gewesen zu sein, aber jetzt bemerkte er, dass sie kaum kontrollieren konnte, was sie tat. Sie bewegte sich und versuchte den richtigen Winkel zu bekommen und ihr Po erwischte das Lenkrad. Die Hupe ging los und erschreckte sie beide und ließ Melody kichern.

Cam zog seinen Kopf nach links und vermied ihre suchenden Lippen und fand Alex nur ein paar Meter entfernt stehend. Alex starrte ihn durch die dünnen Gläser der Autofenster mit offenem Mund an, die Arme hingen bewegungslos an der Seite. Ihre Wut war weg und auch ihr Kampfgeist. Cam beobachtete sie erschrocken und schob die Blondine von seinem Schoss, aber es war zu spät.

Alex Augen glitzerten, Tränen kamen heraus und liefen ihr übers Gesicht und ruinierten die dunkle Perfektion ihres Make-ups.

„Alex!", sagte Cam und fummelte an der Tür, um sie aufzubekommen. Er sah nur ein paar Sekunden hinunter, aber als er wieder hochsah, rannte sie mit schneller Geschwindigkeit über den Parkplatz.

„Mist, Mist", sagte er, während er aus dem Auto stieg.

Er folgte ihr und stieß dabei vor lauter Eile, sie einzuholen, in mehrere Partygäste. Er rannte an seinen Eltern vorbei, die ihn beide finster anblickten, aber er rannte einfach weiter. Erst als er die Tür seines Zimmers erreichte, erwischte er sie endlich. Er trat auf die Türschwelle, unsicher was er sagen sollte, während sie ein paar Dinge in ihren Koffer warf und ihn zuknallte.

Als sie sich umdrehte, liefen Tränen über ihre Wangen, ihre Verletzbarkeit und Wut war offensichtlich.

„Alex warte, lass es mich dir erklären", sagte Cam und trat nach vorne und griff nach ihr.

Alex riss ihr Handgelenk aus seinem Griff.

„Es ist keine Erklärung notwendig. Das wird nicht funktionieren. Ich hätte das eher erkennen sollen", sagte sie und drehte sich um und griff nach ihrem Koffer.

„Ich wollte dir nur zeigen –", versuchte er.

„Du hast mir viel gezeigt, Cameron. Lass mich in Ruhe", sagte sie. Als Cam sich in ihre Richtung drehte, knurrte sie ihn an. „Ich meine das ehrlich. Ich nehme mir ein Mietauto zum Flughafen."

„Lass mich mit dir kommen", bat Cam.

Alex lachte ihm ins Gesicht.

„Auf keinen Fall. Jetzt geht mir aus dem Weg", schnauzte sie ihn an. Sie griff nach ihrer Tasche auf dem Bett und zog ihren Koffer hinter sich her und schob Cam zur Seite. Sie stürmte aus dem Haus und ließ Cam ihr nachlaufen, unsicher was er sagen sollte.

„Halt mein Freundchen." Seine Mutter erschien an der Tür und hielt ihn davon ab zu gehen.

„Ma, ich muss gehen", beharrte er.

„Du gehst nirgendwo hin. Ich habe den Rest der Szene gesehen, die ihr beide hier veranstaltet habt. Vor all meinen Gästen muss ich dazu sagen. Du hast Glück, dass du zu alt bist für Stubenarrest und zu groß, damit dein Vater dich auspeitscht."

Cam schaute auf das strenge Gesicht seiner Mutter und ließ sich von ihr ins Wohnzimmer ziehen, nicht ohne einen letzten Blick auf Alex verschwindende Gestalt zu werfen.

„Ich sollte sie einholen, ehe sie geht", sagte Cam, aber sein Herz war nicht dabei. Seine Mutter warf ihm einen scharfen Blick zu, ihre Worte hallten in Cams Gedanken wider.

„Diese Frau will nicht, dass du ihr folgst. Wenn du Verstand hast, wirst du warten, bis sie sich abregt. Und wenn du dich entschuldigst, dann tust du das besser auf deinen Knien, mit Blumen und Schmuck. Jetzt setz dich hin, während ich dir ein Glas Wasser hole. Ich kann den Whiskey an dir bis hier riechen", schimpfte seine Mutter.

Cam fiel auf das Sofa und verbarg seinen Kopf in seinen Händen. Sein Kopf drehte sich, seine Brust schmerzte, sein Magen rumorte. Aber noch schlimmer als all das war die schwere Erkenntnis, die sich in seinem Herz festgesetzt hatte. Er hatte die Dinge mit Alex gründlich versaut und es gab eine große

Chance, dass sie vielleicht seine Entschuldigungen gar nicht hören wollte.

Seit Alexandra Hansard dieses Restaurant betreten hatte, hatte Cam jegliches Gefühl für Recht, Unrecht, Auf und Ab verloren. Seine perfekte steife, streng kontrollierte Existenz, all seine Planungen und warten auf die perfekte Partnerin und das Leben und zu Hause ... Das alles konnte eine Sackgasse sein, wegen einer unglaublich dummen Aktion.

Cam stöhnte und wusste, dass das vielleicht der größte Fehler seines Lebens gewesen war.

11

Alex stand barfuß in dem engen weiß gekachelten Badezimmer ihrer Wohnung und starrte auf das Waschbecken.

Der Abfluss des Waschbeckens war ein altmodisches Design und geformt wie ein lachendes Gesicht, etwas was sie irgendwie immer hübsch gefunden hatte. Im Moment jedoch schien das trübselige lachende Gesicht sie zu verspotten.

Alex hielt nicht viel von Selbstmitleid, aber in dieser Sekunde war sie sich nicht sicher, wie sie wieder glücklich sein sollte. Es war nicht ihre Trennung von Cam, wenn man das Ende ihrer einmonatigen Beziehung überhaupt eine Trennung nennen konnte. Nein, es war das Ergebnis ihrer eigenen Starrköpfigkeit und Gedankenlosigkeit, die ihr Untergang waren.

Alex saß auf der Seite der Badewanne und mit einem schweren Seufzen ließ sie ihren Kopf in ihre Hände sinken. Das war wirklich eine verrückte Woche gewesen, schlimmer als alles andere, das sie in ihren wilden Zwanzigern erlebt hatte. Der Monat seitdem sie die Dinge mit Cam abgebrochen hatte, war nichts als Ärger und Sorge gewesen, Probleme über Probleme bis sie dachte, sie würde schreien.

Zuerst hatte sie einen Anruf von ihrem Vermieter bekommen, der sie höflich darüber informierte, dass das Gebäude in dem sie wohnte, verkauft worden war. Sie konnte ihre gemütliche mietenkontrollierte Situation vergessen; die neuen Besitzer würden renovieren und das Gebäude in teure Condos verwandeln und dann gab es keinen Platz für Alex oder ihre Nachbarin in dem Vergleich. Sie hatte dreißig Tage Zeit, um die Wohnung zu räumen und das war's.

Als Nächstes hatte Alex einen großen Fehler auf der Arbeit gemacht, ihr war ein großer Kunde durch die Lappen gegangen und es sah aus, als wenn sie ein halbes Vermögen verlieren würden. Ihr Geschäftspartner und die paar Angestellten, die sie hatten, waren alle sauer auf sie, anscheinend verwundert von der Tatsache, dass sie so einen karrierefatalen Fehler gemacht hatte.

Zwischen all ihren anderen Lebensdramen kam Cam immer wieder in ihre Gedanken. Er rief an. Er schickte Blumen zu ihrem Haus, ins Büro. Er war unglaublich ausdauernd in den ersten zwei Wochen nach ihrem großen Streit, aber Alex war zu beschäftigt, um sich mit ihm zu beschäftigen. Sie hatte andere Dinge, um die sie sich Sorgen machen musste und die sie klären musste, ehe sie irgendeine Entscheidung wegen Cam treffen konnte. Ein Teil von ihr, der Teil, den er geschafft hatte überraschend tief zu verletzten, dachte, dass es vielleicht das Beste wäre, wenn sie die Dinge zwischen ihnen einfach im Sande verlaufen ließ.

Dann hörte er auf anzurufen. Alex hatte seit einer Woche nichts mehr von ihm gehört. Das beantwortete das zumindest.

Und zu alledem konnte Alex kaum noch arbeiten, wegen der schweren Grippe, die sie sich auf dem Flug nach Hause zugezogen hatte. Oder zumindest dachte sie, es wäre eine Grippe. Sie war erschöpft und schlapp, im Allgemeinen fühlte sie sich total ausgelaugt. Und dann konnte sie auch seit vier Tagen kein Essen mehr bei sich behalten.

Alex war zur Apotheke gegangen und wollte etwas Ingwertee und ein paar persönliche Dinge besorgen. Als sie einen großen, dunkelhaarigen Mann von hinten sah, erstarrte sie, sie dachte, es wäre Cameron. Er drehte sich um und natürlich war er es nicht. Warum sollte er auch in ihrer schäbigen Wohngegend sein?

Dennoch, als sie diesen Mann sah, erkannte sie, dass sie immer noch Single war. Sie musste sich wieder raus wagen, und versuchen einen verträglicheren Berserker zu treffen. Ihr Leben war nicht vorbei, nur weil sie sich getrennt hatte. Also straffte Alex ihre Schultern und ging, um eine Packung Kondome zu suchen.

Da, neben den Kondomen und Gleitgels und andere Sexhilfsmittel entdeckte Alex eine Reihe von Schwangerschaftstests. Glänzende, fröhlich aussehende Päckchen warteten auf hoffnungsvolle Mütter in spe, einige zeigten sogar Fotos von sich umarmenden glücklichen Pärchen.

Und dann wusste es Alex. Sie wusste es, ohne einen Zweifel, mit plötzlicher und schmerzvoller Klarheit, dass sie überhaupt keine Kondome mehr brauchte. Für fast das ganze nächste Jahr nicht. Ihre Hand ging zu ihrem Mund und sie würgte, Tränen bildeten sich in ihren Augen.

Du wolltest doch immer eine Familie oder nicht, dachte sie.

Und jetzt wurde das wahr ... nur nicht auf die Art, die sie erwartet oder gewollt hatte.

Alex griff ein halbes Dutzend Schwangerschaftstests und fügte ein Päckchen Kondome als Nachgedanke hinzu und als einen traurigen Witz. Dann warf sie ein paar weitere zufällige Dinge in den Korb, Haarwaschmittel und Soda und Salzcracker und helle Glühbirnen. Sie bedeckte ihre Spuren auf seltsame Weise. Der dumme Teenager Junge an der Kasse konnte sich nicht weniger um ihren Einkauf kümmern. Er war zu sehr damit beschäftigt, die ganze Zeit auf Alex Brust zu starren, als ihre merkwürdige Einkaufsauswahl überhaupt zu bemerken.

So war Alex in ihrem Badezimmer

geendet, alle sechs Schwangerschaftstest hatte sie gleichzeitig gemacht. Sie lagen auf der Seite des Waschbeckens in zwei ordentlichen Reihen. Jeder Einzelne war positiv, jeder Einzelne starrte sie an, und erinnerte sie daran, wie beschissen sie jetzt dran war.

„Keine Wohnung, vielleicht bald keinen Job mehr. Und jetzt das", murmelte sie in ihre Hände. „Ich kann nicht mal ein Glas Wein trinken, um mich zu beruhigen."

Sie bewegte sich und seufzte und stand auf. Sie schmiss alle Tests in den Müll und ging ins Wohnzimmer, sie versuchte verzweifelt, an etwas zu denken, was sie tun musste. Ihr momentaner Lebensstil, Mahlzeiten zwischen langen Arbeitstagen zu sich zu nehmen, ihr einziger männliche Begleiter der gelegentliche One-Night-Stand hier und da, kein regelmäßiger Plan, an den sie sich halten musste ...

Sie hatte keine Wurzeln, nichts hielt sie fest. Wie konnte sie ein Baby in diese

Art von Leben bringen? Was für eine Art von Mutter würde das aus ihr machen?

    Alex setzte sich auf ihr Sofa und entschied sich, dass sie eine Runde weinen würde, ehe sie sich in Gang setzte und etwas plante. Ein Schluchzen entwich ihren Lippen und sie ließ es kommen und betrauerte das Ende ihres Lebens, wie sie es immer gekannt hatte.

12

„Okay. Raus aus dem Bett", erklang eine bekannte Stimme.

Alex zuckte vor Schreck zusammen und riss die Decke von ihrem Gesicht und kämpfte, um sich aufzusetzen.

„Gregor!", keuchte sie und war überrascht ihren tadellos gekleideten Bruder mit verschränkten Armen auf der Türschwelle ihres Zimmers stehen zu sehen.

„Und ich!", sagte Bette und lugte hinter ihm hervor.

„Wie seid ihr in meine Wohnung gekommen?", fragte Alex und war sich plötzlich der Tatsache bewusst, dass sie sich seit zwei Tagen nicht mehr geduscht hatte und nichts außer einem übergroßen T-Shirt trug.

„Wir haben dem Hausmeister gesagt, dass du dich vielleicht aufgehängt hast. Er war mehr als froh, uns die Schlüssel zu überreichen. Ich glaube, er ist ziemlich empfindlich", erzählte Gregor und neigte seinen Kopf und warf ihr einen abschätzenden Blick zu. „Jetzt sehe ich, dass meine kleine Lüge näher an der Wahrheit war, als ich gedacht habe."

„Ich werde kein Selbstmord begehen", knurrte Alex.

„Ich habe gehört, was auf der Party der Berans passiert ist. Versteckst du dich wirklich hier, wegen eines Streits mit Cameron Beran?", wollte Gregor wissen.

„Nein. Vielleicht", seufzte Alex. „Ich hatte eine anstrengende Woche."

Alex hörte einen erstickt klingenden Schrei aus dem Flur.

„Alex, was zum Teufel!", rief Bette und schob sich ins Schlafzimmer. „Ich wollte aufs Klo und da sind ungefähr hundert Schwangerschaftstest in deinem Mülleimer."

Gregor machte ein erschreckend gurgelndes Geräusch und Alex wollte sich einfach nur die Decke wieder über ihren Kopf ziehen, wieder einschlafen und nie wieder aufstehen.

„Vielleicht solltest du nicht in meinem Müll wühlen", meinte Alex.

„Du bist – du bist –", Gregor war auf komische Art schockiert.

„Schwanger? Ja, das bin ich."

„Ist es ... von wem ist es?", fragte Bette und setzte sich gegenüber von Alex aufs Bett.

„Cameron", seufzte Alex.

„Bist du sicher?", fragte Gregor und sein Ton war messerscharf.

„Einhundert Prozent. Könnte nicht sicherer sein."

„Wie – ihr geht doch erst seit einem Monat miteinander aus! Hast du noch nie was von Familienplanung gehört?", fragte Gregor und seine Worte waren fast geknurrt.

Das mit der *Familienplanung* tat weh und Alex spürte, wie sich ein Knoten in ihrer Kehle bildete.

„Wenn du mich zum Heulen bringst, dann schmeiße ich dich raus", sagte sie „und außerdem ist das passiert, ehe du uns verkuppelt hast, es war ein One-Night-Stand und ich kannte nicht einmal seinen Namen zu der Zeit."

„Warte, Cameron Beran war dein heißer One-Night-Stand?!", quietschte Bette und sah genauso schockiert wie Gregor noch einen Moment zuvor aus. „Warum hast du das nicht gesagt?"

Alex zuckte mit den Schultern.

„Was bringt das jetzt noch?", fragte sie.

„Mädel ...", sagte Bette und schüttelte streng den Kopf. „Das ist jetzt alles. Du musst ein paar ernsthafte Entscheidungen treffen. Zum Beispiel, wann willst du es Cameron sagen?"

Alex war eine Weile still.

„Ich bin mir nicht sicher", gab sie zu. „Ich weiß es erst seit ein paar Tagen."

„Und du hast mich nicht angerufen?", fragte Gregor und Wut sammelte sich in seinem Blick.

„Ich bin nicht wirklich daran gewöhnt, jemanden anrufen zu müssen", erwiderte Alex.

„Du wolltest das alles alleine machen?", fragte Bette und nahm Alex Hand.

„Das habe ich immer gemacht. Ich dachte, ich ziehe vielleicht wieder in die Nähe meiner Eltern. Sie werden nicht glücklich darüber sein, dass ich das hier alleine mache, aber sie werden mich unterstützen."

„Du bist wirklich die dümmste Cousine, die ich habe", tadelte Bette. „Wirklich. Wir lassen dich auf keinen Fall mit all dem alleine. Dafür ist Familie da, Alex."

„Danke", sagte Alex und gab ein wässriges Lachen von sich. Ihr Magen machte einen merkwürdigen Satz bei dem Gedanken an eine Familie. Sie hatte Gregor und den England Clan überhaupt nicht bedacht. Aber sie waren ihre Blutsverwandten oder etwa nicht?

„Du hoffst besser, dass das Baby Camerons Gehirn hast", sagte Bette.

„Wir haben noch nicht gehört, was er getan hat, um deinen Zorn auf sich zu ziehen", sagte Gregor. „Ist er genauso dämlich wie du?"

„Doppelt so sehr. Drei Mal so viel", informierte Alex ihn.

„Du erzählst uns besser die Geschichte. Dann können wir einen Plan machen", sagte Bette und rutschte herüber und machte Platz für Gregor auf dem Bett.

Alex schaute sie beide an und zum ersten Mal stieg Hoffnung in ihrer Brust auf. Sie erzählte ihnen also alles, jedes Detail und weinte sich bei Gregor und Bette aus ... ihrer *Familie*.

13

Cameron trommelte mit seinen Fingerspitzen auf die polierte Glasfläche des Tisches im Coffeeshops, wo er zugestimmt hatte, Alex zu treffen. Er hatte sich sorgfältig gekleidet, trug dunkle Jeans, ein weißes Slim-Fit Shirt und einen teuren grauen Tweed Blazer. Von außen war er frisiert und gepflegt. Von innen war er ein Durcheinander.

Seine Nervosität stieg noch an, als er Alex den Coffeeshop betreten sah, sie sah sich kurz um, ehe sie ihn entdeckte. Sie trug ein enges Esmeralda Kleid und himmelhohe Stöckelschuhe und ihr

Haar hing locker über ihre Schulter, feurig und wild wie eine Löwenmähne. Cams einzige Rettung war, dass sie sich offenbar auch Mühe gegeben hatte und sie sah genauso nervös aus wie er.

„Hey, Cameron", sagte sie, als sie sich näherte.

Cam stand auf, er war sich nicht sicher, ob er sie umarmen sollte oder nicht. Alex zog einen Stuhl hervor und ließ sich anmutig hineinfallen und nahm ihm die Entscheidung ab.

„Danke, dass du gekommen bist", sagte sie und ihr Blick musterte jedes Detail an ihm.

„Alex, ich habe dich immer wieder angerufen. Warum sollte ich nicht kommen?", fragte er.

Sie warf ihm einen merkwürdigen Blick zu und schüttelte ihren Kopf.

„Ich war mir nicht sicher, ob du das tun würdest, ich glaube, ... ich hätte deine Anrufe beantworten sollen. Es tut mir leid", sagte sie.

„Du musst dich nicht entschuldigen,

ich sollte mich entschuldigen", sagte Cam. Als sie nicht antwortete, rieb er mit seiner Hand seinen Nacken. „Willst du einen Kaffee oder so?"

Alex zog ihre Nase kraus, ein merkwürdiges Gefühl glitt über ihr Gesicht. Es war sofort wieder weg und sie schüttelte nur ihren Kopf.

„Nein, danke."

„Bist du sicher? Du liebst doch Kaffee", sagte Cam.

„Ja ... Vielleicht später. Ich will zuerst mit dir reden", sagte sie und legte ihre Hände auf den Tisch.

Er schaute sie an und bewunderte ihre Schönheit und dachte daran, wie sehr sie ihn in diesem Moment einschüchterte. Obwohl er sie leicht mit körperlichen Fähigkeiten schlagen konnte, hatte seine rothaarige Füchsin einen deutlichen Nachteil für ihn: Er sorgte sich tatsächlich um sie, es war ihm wichtig, was sie dachte, was sie wollte.

Es war unnötig, zu sagen, dass sich,

um eine besondere Frau zu sorgen eine neue Entwicklung in Cams Welt war.

„Du siehst toll aus", sagte Cam und die Wörter waren aus seinem Mund, noch ehe er sie überdacht hatte.

Alex wurde rot und warf ihm ein warmes Grinsen zu.

„Hör auf mit mir zu flirten", beschwerte sie sich.

„Ich kann nicht anders", sagte Cam mit einem Schulterzucken. Da war es wieder, die Kameradschaft, die sie zusammen in der kurzen Zeit in der sie in der Lodge gewesen waren, gefunden hatten. Es war einfach mit Alex, so natürlich. Sie brachte in ihm eine bessere Seite zum Vorschein, sie ließ ihn sich anders fühlen ...

„Da bist du ja, du Arschloch", schrie jemand durch den Raum.

Alex und Cam drehten sich um und sahen eine große Gruppe wütender Berserker in das Café kommen. Die Hälfte der Menschen warf nur einen Blick auf die sich nähernden Bären, alle in schwarzen Anzügen gekleidet, und verließ das Café.

„Mist. Warum ist dein Vater hier?", fragte Cam Alex.

Sie warf ihm einen erschrockenen Blick zu, ehe sie sich umdrehte und Alfred England zu ihrem Tisch kommen sah. Der Alpha bewegte sich mit entschlossen Schritten, Macht rollte in Wellen über ihn und sechs schon fast erschreckend aussehende Berserker waren ihm direkt auf den Fersen.

„Alex, was soll das?", fragte Cam und griff nach ihrer Hand, um eine Reaktion zu bekommen.

„Ich weiß nicht, ich weiß es nicht! Ich habe ihn noch nie getroffen", sagte Alex. Sie war rot geworden und bei dem Ausdruck auf ihrem Gesicht war sie einer Panik nahe. Zweifellos war das nicht so, wie sie sich ein erstes Treffen mit ihrem leiblichen Vater vorgestellt hatte, nahm Cam an.

„Okay. Okay. Lass mich reden, ja?", sagte Cam. Alex' Augen schauten ihn an, eine merkwürdige Art von Schock überkam sie. „Alex, kannst du mir vertrauen? Lass mich das erledigen."

Er drückte ihre Hand und sie drehte sich immerhin zu ihm um. Sie biss sich auf ihre Lippe und nickte. Gerade noch rechtzeitig, als Alfred England an ihrem Tisch ankam.

„Steh auf", befahl der Alpha ungeduldig.

„Herr England", begann Cam, aber der Alpha schnitt ihm mit knapper Geste das Wort ab.

„Sprich jetzt nicht", befahl England. Er drehte sich zu Alex und ließ seine Augen über ihre Person streifen. „Du. Du siehst aus wie deine Mutter."

Alex machte ein leises, trauriges Geräusch und Cams Herz verkrampfte sich wegen des Mannes, der die Frau, die er liebte gezeugt und dann abgewiesen hatte.

„Sprechen Sie nicht mit ihr, sprechen Sie mit mir", sagte Cam und erhob sich und stellte sich zwischen England und Alex.

„Deswegen bin ich hier, Sie Depp", sagte er. Sein Chicago Akzent war so dick, dass es nach Gangster alter Schule schrie. Es war klar, dass England sich selbst für einen Art Al Capone Typ hielt, dachte er. Er trug einen aalglatten Nadelstreifenanzug und hatte sein silbernes Haar zurückgekämmt und er besaß eine arrogante, einschüchternde Aura. Die einzige Gemeinsamkeit zwischen England und Alex waren die Augen; es war leicht zu sehen, woher sie ihren glänzenden Kobaltblick hatte. Ihre schönste Eigenschaft an Englands schmieriger Fresse zu sehen, machte Cam noch wütender.

„Ich glaube, Sie sollten besser aufpassen, was Sie sagen, wenn Sie mit mir sprechen", sagte Cam und sein Alpha erhob sich. Er verstand den anderen Mann von Natur aus, verstand das Alpha Getue so genau wie jeder andere.

„Das sagt der Idiot, der meine

Tochter geschwängert und dann sitzen gelassen hat", keifte England.

Es brauchte mehrere Takte, bis seine Wörter bei ihm ankamen. Jedes Augenpaar folgte Cam, als er sich zu Alex umdrehte, sein Mund öffnete sich und er konnte keine zusammenhängenden Gedanken bilden.

„Geschwängert – was?", stotterte er völlig verwirrt.

„Ähm", murmelte Alex und stand auf. „Cam, ich wollte es dir sagen."

„Hey", sagte England und gab Cam einen harten Schlag auf die Brust. „Wie Sie vorhin gesagt haben. Reden Sie mit mir und nicht mit ihr."

Tausend Impulse strömten in Cams Gehirn, aber irgendwie schaffte er es, locker zu bleiben. Er drehte sich zu England und ließ seine Stimme eiskalt werden. Er ließ den Alpha aus jeder Pore raushängen.

„Niemand lässt hier irgendjemanden hängen. Sie wurden nicht nur nicht informiert, sondern Sie haben auch Alex

Überraschung kaputtgemacht", keifte Cam und starrte England an.

Ihre Blicke fanden sich und hielten für einen tödlichen Moment lang an, Wasser stieß auf Marineblau, aber dann räusperte England sich und trat zurück.

„Okay", war alles, was der ältere Alpha zu sagen hatte.

„Außerdem sind Sie nicht gekommen, um nach Alex zu sehen, erst nachdem sie Sie kontaktiert hat. Sie waren vorher auch nie da und sie braucht Sie jetzt auch nicht. Nur mit Einladung verstehen Sie?", fügte Cam hinzu. Sein Bär kam an die Oberfläche, so nahe, dass er sich unbedingt verwandeln wollte. Sein Bär wollte England herausfordern und seinen Alpha Status nehmen und ihn aus dem Clan werfen. Er würde Alex ganz Chicago zu Füßen legen, nur um seine Partnerin zufriedenzustellen.

England starrte Cam eine weitere Sekunde an, dann schüttelte er seinen Kopf. Mit einem Schnauben, das auch ein angefressenes Kichern hätte sein können, drehte England sich auf dem Absatz um und verließ den Coffee Shop ohne ein weiteres Wort.

Plötzlich waren es nur noch Cam und Alex, die sich über den Tisch hinweg anstarrten. Tausend unausgesprochene Worte hingen zwischen ihnen in der Luft. Cam schaute sie an, die blasse Farbe auf ihren Wangen und sein Herz regte sich. Sie sah nicht anders aus, immer noch die unerschütterliche Schönheit, die ihn so angezogen hatte, als er sie zum ersten Mal im Bronze Throne gesehen hatte.

„Alex ... Bist du wirklich ...", Cam war sich nicht sicher, wie er die Worte sagen sollte.

„Ja", sagte sie und zog ihre Hände auf ihren Schoss, ihre Finger waren ineinander verschränkt. „Ich bin mir nicht sicher, wie das passiert ist. Ich dachte, wir hatten in der Nacht aufgepasst und ich nehme auch die Pille. Ich weiß nicht, wie das möglich sein konnte ... ich ... ich weiß, das ist nicht das, was wir besprochen haben –"

Cam stand sofort auf und kam um den Tisch herum und griff nach Alex Armen, um sie auf die Beine zu ziehen. Sie wich zurück, etwas was ihn ein wenig traurig machte, aber als er ihren Körper an sich zog, beruhigte die Art wie sie sich entspannte, seinen Schmerz. Cam näherte sich ihren Lippen, sein Mund presste sich auf ihren, nahmen sie und nahmen sie mit einem heftigen Kuss in Besitz.

Mein Kind, dachte er. *Mein Kind wächst in ihr.*

Alex Hand fuhr hoch, um seine Schultern zu umfassen, ihre Nägel bohrten sich durch sein T-Shirt in seine Haut. Sie klammerte sich an ihn und stöhnte, als er seine Hand über ihren unteren Rücken fahren ließ und sie noch näher und näher an sich heranzog. Jeder Zentimeter an ihm fühlte sich so straff, angespannt und hungrig und aufgeregt an, wild darauf, Alex zu befriedigen und wild auf seine eigene Befriedigung.

Cam unterbrach den Kuss nach einer langen Minute und zog sich ein wenig zurück, damit er Alex anstarren konnte. Ihr Kopf neigte sich zurück, dieser marineblaue Blick traf ihn, ohne zu zögern. In dem Moment gab es keinen Raum für Zweifel oder Unsicherheit oder Angst um die Zukunft. Es gab einfach nur Alex und Cam und die Neuigkeit des Lebens, das sie zusammen erschaffen hatten.

„Ich muss dir etwas zeigen", sagte Cam.

Alex öffnete ihren Mund, um etwas zu sagen, aber Cam schüttelte seinen Kopf. Er nahm ihre Hand in seine, verschlang seine Finger mit ihren und führte sie aus dem Coffee Shop und ignorierte das Starren aller Schaulustigen. In seinem Herzen hatte er bereits gewusst, dass Alex ihm gehören würde, er hatte sie bereits in sein Leben mit eingeplant.

Jetzt musste er es ihr beweisen.

14

*E*s herrschte Stille, als Alex aus dem Fenster sah, und jedes Viertel betrachtete, das vorbeiflog, während sie herauszufinden versuchte, wo Cam sie hinbrachte. Er hatte sie auf den Beifahrersitz seines Autos gepackt und sich geweigert, ihr das Ziel zu nennen.

„Warte einfach. Vertrau mir", war seine einzige Erklärung. „Ich habe einhundert Entschuldigungen zu machen, aber zuerst musst du geduldig mit mir sein."

Alex senkte ihre Augenlider und beobachtete ihn. Sein mahagonibraunes

Haar war zerzaust und er hatte seinen Blazer ausgezogen, um seine Ärmel bis zum Ellenbogen hochzurollen und seine muskulösen, gebräunten Vorderarme zu zeigen, sowie einen Hauch von diesem seltsamen, feurigen Sex-Appeal, bei dem sie anscheinend nicht aufhören konnte zu sabbern. Er hielt das Lenkrad fest, während er fuhr und sein Blick glitt überall hin, er war anscheinend in seine eigenen Gedanken und Gefühle versunken.

Er steuerte auf ein netteres Viertel zu, ca. fünfzehn Minuten von Downtown Chicago entfernt, eins, das Alex bewunderte, aber nicht gut kannte. Als verantwortliche Singlefrau hatte sie nie darüber nachgedacht so klassisch zu leben; tatsächlich hatte Alex, seitdem sie ihr Elternhaus verlassen hatte, nie wieder in einer Nachbarschaft mit weißen Gartenzäunen gelebt, sie bevorzugte die Kultur und die Bequemlichkeit der Stadt.

Cam hielt vor einem malerischen,

zweistöckigen Häuschen in einem pfirsichfarbenen Farbton an. Der Rasen war ordentlich gepflegt und weiße Geranien prägten die Landschaft vor einer fröhlichen weißen Veranda.

„Okay. Wo genau sind wir?", fragte Alex verwirrt.

„Es gibt etwas Wichtiges, das wir tun müssen", sagte Cam und warf ihr einen nüchternen Blick zu.

Cam stieg aus und ging um das Auto herum, um ihr die Tür zu öffnen, nahm ihre Hand und führte sie durch den Hof. Sie gingen direkt zur Vordertür, wo Cam Schlüssel aus seiner Tasche fischte und die Tür aufschloss. Er drängte Alex hinein, wo sie einen wunderschönen, hellen Raum vorfand ... der völlig leer war. Es sollte offensichtlich als Wohnzimmer genutzt werden und sie konnte eine schön aussehende Küche im nächsten Zimmer sehen, aber der ganze Raum war makellos und leer.

„Hier lang", sagte Cam und zog sie in

Richtung Treppe, die das Wohnzimmer und die Küche trennte.

Alex folgte ihm die auf Glanz polierten Holztreppen hoch, um die Ecke und in einen kargen weißen Flur.

„Cam ... kannst du mir bitte sagen, was wir hier machen?", fragte sie und zog an seiner Hand.

„Hier rein", sagte er und führte sie zur Tür rechts. Er machte die Tür auf und schob Alex vor sich her und in den Raum hinein.

Alex keuchte. Wo der Rest des Hauses leer war, war dieses Schlafzimmer voll möbliert, dekoriert in lebendigen, lustigen Farben. Die Wände waren eiblau, mit zwei großen Fenstern mit pfirsichblassen und weißen Vorhängen. Ein großes Vierpfostenbett stand mitten im Raum, in weichen weißen Tüll gehüllt. Das dunkle Kopfende des Bettes passte zu einem riesigen Kleiderschrank, zwei kleinen Nachttischen und einer Kommode. Eine offene Tür zu Alex' Linken gaben ihr einen Blick ins Badezimmer, alles in pastellgelben Kacheln gehalten.

„Wa –", begann Alex und drehte ihr Gesicht zu Cam, aber er war zu schnell für ihre Frage. Er lehnte sich zurück und gab ihr einen tiefen, harten Kuss. Er nahm sie an der Taille und wich mit ihr zurück. Seine Zunge fand ihre, als er sie aufs Bett zog. Alex ließ sich von ihm auf dem Bett ausstrecken und streckte sich aus, sodass ihre Körper Seite an Seite lagen. Er küsste sie mit eifrigem Hunger, eine Eindringlichkeit, die sie noch nicht an ihm gesehen hatte. Vielleicht war es bei ihrem ersten betrunkenen Zusammentreffen da gewesen, aber sie konnte das jetzt nicht analysieren.

„Cam!", protestierte sie endlich, zog sich zurück und starrte ihn an. „Sag mir, was wir hier machen. Wessen Bett ist das?"

„Unseres natürliches", knurrte Cam und runzelte die Stirn.

Alex war überwältigt. Ihr Mund öffnete sich und ein wenig schmeichelhaftes Geräusch kam heraus, Wörter waren dagegen eine kleine Herausforderung.

„Was meinst du damit *unsers*?", fragte sie.

„Ich habe es nach unserem zweiten Date gekauft. So sicher war ich mir mit dir und mir", sagte Cameron, als wenn es das Natürlichste der Welt wäre.

„Du bist verrückt", sagte Alex und ein wildes Gefühl von Glück erfüllte ihre Brust.

„Du kannst Chemie nicht bekämpfen. Und wir haben die in höchstem Maße", sagte Cam. Er schob ihr das Haar von den Schultern und lehnte sich nah an sie, um ihren Nacken zu hätscheln. Alex zitterte bei dem Gefühl seiner warmen Lippen über ihren Puls, die hochfuhren, um ihr Ohrläppchen zu necken.

„Das ist verrückt", wiederholte Alex, aber ihre Worte kamen als atemloses Kichern heraus. „Du hast einfach so ein Haus gekauft, ganz spontan?"

„Ich würde sagen, instinktiv. Und es ist gut, dass ich das getan habe", murmelte er an ihrer Haut. Er knabberte und küsste ihren Nacken, und wärmte ihren ganzen Körper bis zum Kern. „Weil ich gehört habe, dass Kinder ein schönes Haus brauchen, um aufzuwachsen. Und viel Platz."

Ehe Alex noch weiter protestieren konnte, fing Cam ihre Lippen in einen sanften, suchenden Kuss. Seine Hand fuhr über ihrem Kleid hoch zu ihren Brüsten, wog und knetete sie und entfachte Lust ganz tief in ihrem Körper. Seine Bewegungen waren umwerfend langsam und lässig, obwohl Alex nichts mehr wollte, als dass Cam sie auszog und sie fickte, sie füllte und ihr die Befriedigung gab, die ihr Körper mehr als alles andere brauchte.

Stattdessen neckte er sie, fuhr mit seinen Fingerspitzen über ihr Schlüsselbein und fuhr die Linien ihres Dekolletés nach. Er fuhr mit einer Hand über ihre Rippen und nahm sich einen langen

Moment Zeit, um seine Finger über ihren Bauch auszubreiten. Er erinnerte sie an das kostbare Leben, das in ihrem Körper wuchs.

„Cam", bettelte sie und bewegte sich, damit sie sein Shirt aufknöpfen konnte.

Alex riss ihm sein Shirt vom Leib, streichelte mit ihren Händen über seine straffe Brust und seine gemeißelten Bauchmuskeln und griff seine schlank muskulöse Hüfte. Sie fuhr die Linien seines Tattoos nach und gelobte sich selbst, dass sie diese später noch im Einzelnen untersuchen würde. Nur jetzt hatte sie nicht die Geduld dazu, egal wie angezogen sie von Camerons Tattoos war. Als sie seine Jeans öffnete, kicherte Cam und schob ihre Hände weg.

„Ruhig. Wir haben alle Zeit der Welt", mahnte er sie.

Alex machte ein ungeduldiges Geräusch, aber sie bestand nicht weiter auf das Thema. Cam stand auf und zog sein Shirt aus und warf es auf den Boden. Er brachte sie in die Sitzposition und zog ihr das Kleid über den Kopf und warf es neben sein Shirt. Alex trug spitzenartige schwarze Höschen und einen passenden BH, eine hastige, dennoch hoffnungsvolle Entscheidung ihrerseits und jetzt war sie froh, dass sie das getan hatte.

„Wunderschön", sagte Cam hauptsächlich zu sich selbst, während seine Augen ihre nackte Haut in sich aufnahmen. Alex widerstand dem Drang, sich zu bedecken und ließ ihn sich anschauen. Sie beobachtete ihn, sah seinen nackten Hunger in seinem Blick und wollte ihn noch mehr. Sie leckte sich ihre Lippen und die Bewegung erwischte Cams Aufmerksamkeit. Er machte ein leises Geräusch in seinem Hals und stand auf, um seine Jeans auszuziehen, und stand dann in engen schwarzen Boxershorts da, die absolut nichts zu wünschen übrig ließen. Alex starrte die dicke Beule an, die sich abzeichnete, als er wieder aufs Bett kletterte.

Als er sich rittlings auf sie setzte und sich nach vorne beugte, um ihre Hände zu greifen und sie über ihren Kopf zu ziehen, zitterte sie vor Vorahnung. Alex rollte ihre Hüften an ihm, und drängte ihn näher an sich für einen Kuss. Seine Erektion stupste an ihren Bauch als er ihr gehorchte und ihr einen unschuldigen Kuss gab, ehe er ihre Unterlippe mit seinen Zähnen fing und daran knabberte.

Sie keuchte leise und rieb ihre Hüften wieder an ihm. Cam drückte ihre Hände in die Matratze und ließ sie wieder los, um die Linie an ihrem Nacken bis zu ihren Schultern entlangzufahren, er fuhr mit seinen Fingerspitzen über ihre Haut, um die BH-Träger herunterzustreifen. Er zog an ihrem BH, bis ihre Brüste frei waren und die Nippel sich bereits zu straffen Spitzen erhoben.

„Du hast die wunderschönsten Brüste", sagte Cam und umfasste sie mit seiner heißen Berührung.

Alex drückte ihren Rücken durch, als er ihre Fingerspitzen über ihre Nippel fahren ließ und Hitze in ihrem Inneren entfachte.

„Ah", seufzte sie.

Alex konnte nicht stillhalten, sie musste ihn anfassen. Sie breitete ihre Hände über die warme nackte Haut seines Unterrückens aus und genoss das Gefühl der harten Muskeln, die sie dort gefunden hatte, ein Beweis seiner körperlichen Perfektion. Cam hob eine schwere Brust an seine Lippen und fuhr mit seiner Zunge über die sensible Spitze. Alex schrie auf und zuckte zusammen und bohrte ihre Fingernägel in seinen Rücken.

„Cameron, bitte", sagte sie und drückte ihren warmen Körper hoch und wollte mehr.

Er grinste und nahm ihren Nippel in die warme Hitze seines Mundes und saugte kurz und scharf, ehe er seine Zähne in ihr schmerzendes Fleisch drückte. Alex sehnte sich nach weiteren Berührungen, aber er hatte die Oberhand. Frustriert drückte Alex an seiner

Schulter. Als er von ihrem Körper abließ und sich neben ihr auf dem Bett ausbreitete, war Alex sich deutlich bewusst, dass er sie lassen würde, er würde ihren Wünschen gehorchen.

Alex kam näher und küsste ihn und ließ ihre Fingerspitzen an seinem harten Bauch herunterfahren und entdeckte die Muskeln an seinen Hüften. Sie fuhr mit ihren Fingerspitzen von außen an seinen Oberschenkel entlang, dann wieder zurück und fuhr die Länge seiner Erektion mit einer federleichten Berührung nach.

„Du suchst wohl Ärger, Alex", presste Cam hervor, aber er machte keine Anstalten sie aufzuhalten.

Alex grinste und warf ihm einen teuflischen Blick zu, ehe sie aufstand und sich neben ihn kniete. Sie streifte seine Boxershorts ab und war dankbar für seine Hilfe, als er sich bewegte, um es ihr einfacher zu machen. Dann lag Cam völlig nackt vor ihr, sein Schwanz streckte sich stolz in ihre Richtung. Er war lang und dick und perfekt und reichte ihm beinahe bis zum Bauchnabel, groß genug, dass sie ihre Finger nicht darum schließen konnte. Sie testete die Theorie, indem sie ihn in ihre Hand nahm und seinen Schwanz von unten bis nach oben streichelte, sie bewunderte die Lusttropfen, die aus der Spitze austraten.

Sie passte ihre Position an, sodass sie sich herunter lehnen und mit ihrer Zunge über die dicke Spitze fahren und in einem engen Kreis darum wirbeln konnte. Ein Knurren entwich Cam, tief aus seiner Brust, aber als Alex hochschaute, glänzten seine Augen mit so etwas wie Bewunderung. Ermutigt streichelte sie ihn erneut fest und zog ihn näher, ehe sie ihn in den Mund nahm. Er war zu groß, um ihn ganz zu nehmen, also neckte und saugte sie, so viel sie konnte und nutzte ihre Hand, um ihn an der Wurzel zu stimulieren.

„Mensch, Alex", sagte Cam und seine Hände glitten in ihr Haar.

Sie befriedigte ihren Drang, ihn zu

befriedigen für eine Minute, ehe er sie absichtlich wegzog und seinen Kopf schüttelte.

„Nein, nein. Ich habe zu lange gewartet, um dich wiederzusehen. Ich werde nicht in deinem Mund kommen", sagte er.

Alex leckte ihre Lippen und warf ihm ein freches Lächeln zu.

„Dann fickst du mich besser", keuchte sie.

Cam grunzte, setzte sie hin und drückte sie wieder auf ihren Rücken.

„Ich glaube, da sind andere Dinge, die ich zuerst erledigen muss", sagte er und nagelte sie mit seinem Blick und seinen Händen fest.

Er glitt mit seiner Hand unter ihren Körper und machte ihren BH auf, warf ihn zur Seite und zog ihr dann das Höschen herunter und riss vor Eile daran.

„Ich kaufe dir ein neues", murmelte er, während er ihre Knie auseinander drückte und ihre Beine spreizte und sich dazwischen legte.

Dieses Mal zögerte Alex nicht, als Cam sich herunterbeugte und ihren Unterbauch liebkoste. Er nutzte zwei lange Finger, um ihre Schamlippen zu trennen, und schnurrte vor Zufriedenheit, als er sie nass und bereit vorfand. Seine Lippen fanden ihre Klit, als er sein Gesicht in ihren Kern tauchte und mit seinen Lippen und seiner Zunge in harten Stößen an ihrem Fleisch arbeitete.

„Cam!", schrie Alex und das Gefühl brannte in ihrem Körper. Ihr Kern war zum zerschmelzen heiß, ihre Haut wurde rot und ihre inneren Muskeln spannten sich bereits an.

Er murmelte etwas und steckte einen einzelnen, dicken Finger tief in ihren nassen, engen Kanal. Alex stöhnte, als er sich herauszog und schrie erneut seinen Namen, als er sie stattdessen mit zwei Fingern belohnte. Er krümmte seine Finger und stieß mit den Spitzen gegen die Stelle ganz tief innen, und ließ ihren Körper vor Drang nach Erlösung zittern.

„Bitte, Cam, bitte", sagte sie und machte ihre Augen zu.

Cam schloss seine Lippen über ihre Klit und saugte und neckte sie mit seiner Zunge, während er mit seinen Fingern in ihrem Kern arbeitete und auf ihren G-Punkt drückte. Er bewegte sich und seine freie Hand fuhr ihren Schenkeln nach bis zu ihrem Kern. Ehe Alex wusste was passierte, drückte er eine Fingerspitze gegen den engen Eingang ihres Hinterns und drang vorsichtig in sie ein.

Überraschung löste sich in ihr und ihr Körper schauderte und sandte heiße Impulse der Lust durch ihren Kern. Sie kam plötzlich und hart, stöhnte und klammerte sich an Cams Schultern und bohrte ihre Fingernägel in sein Fleisch. Für einen langen Moment verlor sie jeglichen Sinn und war verloren in der Lust und wurde von dem ganzen Gefühl völlig eingenommen.

Als sie sich wieder gesammelt hatte, hob Cam sein Gesicht, um sie anzusehen, und leckte ihren Saft von seinen

Lippen. Er runzelte die Stirn und ließ sie erröten; sie konnte sich um ihn nicht kontrollieren, besonders nicht, wenn er solche dreckigen Dinge mit seinen Fingern und Mund machte. Sie grinste und weigerte sich, von ihm geneckt zu werden.

„Wirst du mich ficken oder nicht?", fragte sie und versuchte dabei lässig zu wirken.

Cams Augen leuchteten mit gefährlichem Glitzern auf und als Nächstes warf Cam sie auf ihren Bauch, seine Bewegungen waren überraschend rau. Cam griff nach ein paar Kissen vom Kopfende und legte sie unter Alex Bauch, winkelte ihre Hüften an und drückte ihre Brust in die Matratze.

Er stellte sich zwischen ihre Beine, griff nach ihren Hüften und knetete ihre nackten Pobacken. Er stieß ihre Knie weit auf und legte ihr Geschlechtsteil frei. Er drückte ohne Vorankündigung zwei Finger in sie und ließ sie stöhnen und sich anspannen. Er fuhr mit seinen

Fingern erneut über ihren G-Punkt und bereitete ihren Körper vor.

„Sag mir, was du willst, Alex", krächzte er und sein Ton war hungrig. „Sag fick mich, Cam. Ich will deinen Schwanz. Ich habe doch gesagt, ich bringe dich nächstes Mal zum Sprechen."

„Ich will, dass du mich fickst, Cam", sagte sie und ihre Stimme brach, als er seine Finger herauszog und ihre Klit stattdessen neckte.

„Ich möchte, dass du bitte sagst", befahl er.

„Bitte, Cam. Ich --- ich möchte deinen Schwanz", sagte sie und wurde rot.

„Braves Mädchen", sagte Cam.

Ein Hauch Vorahnung hing in der Luft, der Moment zog sich zwischen ihnen und ließ Alex wimmern. Cam zerstörte sie beinahe, als er seinen Schwanz griff, und mit der dicken Krone gegen ihren glitschigen Eingang streifte, er strich hoch und runter und schmierte sich selbst damit ein. Alex begann sich zurückzuziehen, aber Cam überraschte sie, indem er mit einem tiefen, strafenden Schwung in sie eindrang.

„Ah!", schrie sie und war überrascht, als ihr Körper sich streckte, um ihn ganz aufzunehmen.

„Verdammter Scheiß", murmelte Cam und griff ihre Hüfte.

Alex erholte sich zuerst und schaukelte ihre Hüften vor und zurück, während sie sich an das Gefühl der Fülle gewöhnte. Cam festigte ihre Bewegungen, hielt sie fest und winkelte ihren Körper an, während er sich zu bewegen begann. Zuerst langsam, dann wurden seine Stöße flach.

„Du bist so verdammt eng, Alex. Dein Körper ist perfekt, wie für mich gemacht", sagte Cam. Er sprach nur halb zu ihr, erkannte sie, da er darauf konzentriert war, wie sich ihre Körper vereinten. Er schien sich selbst an der kurzen Leine zu halten, hielt seine Stöße sanft und abgeschätzt. Alex wollte das nicht, sie wollte, dass er hart, verrückt und wild war.

„Gott, Cameron, Fick mich so wie du es gesagt hast", forderte sie.

Cam hörte eine Sekunde lang auf und kicherte dann. Er zog sich heraus und rammte sich dann wieder hinein, seine Hüften schlugen auf ihren Po, während er seinen Schwanz mit einer geübten Bewegung ganz tief in sie hineinstieß.

„So?", fragte er.

„Ja!", schrie Alex.

Cam glitt wieder heraus und stieß wieder und wieder in sie hinein. Er hielt ihre Hüften und veränderte den Winkel jedes Mal ein wenig. Zuerst war sie sich nicht sicher, was er tat, aber dann bewegte er sie einfach so. Als er wieder zustieß, explodierte Hitze in ihrem Körper und ließ sie schreien. Beim zweiten Stoß wurde ihre Sicht einen Moment weiß.

Alex gab einen erstickten Ausruf von sich, und Cameron fing an, sie so richtig zu ficken.

„Ich glaube, ich hab's gefunden", hörte sie ihn sagen und war sich nicht sicher.

Sie war sich nicht sicher, sie war sich mit gar nichts mehr sicher. Es gab nur Cam und die Art, wie er in sie hineinstieß, sie streckte und mit jedem harten Stoß füllte. Sie war sich der Anspannung bewusst, die in ihr wuchs. Cam spürte es auch; sie konnte es daran sehen, wie er sich schneller und schneller bewegte und härter und härter stieß. Die Art, wie seine Finger sich in ihre Hüfte krallten, das schwere Geräusch seines Atems, das lauter und schneller wurde.

Cam lehnte sich gegen ihren Rücken und schlang eine Hand um ihre Vorderseite und rieb seine Finger mit fiebriger Geschwindigkeit über ihre Klit. Er musste so nahe am Orgasmus sein wie sie, bemerkte Alex. Sie schloss ihre Augen und konzentrierte sich auf die wachsende Hitze und die Lust in ihrem Zentrum, die das Gefühl von Cams Finger und sein Schwanz erzeugten.

Es dauerte einen langen Moment, vielleicht eine Ewigkeit und dann fand Alex sich ganz oben auf der Spitze und schaute herunter.

„Oh, Cam, Ich bin –", begann sie, aber der Orgasmus übermannte sie zuerst.

Die Flammen, die er entfacht hatte, explodierten in ihr, ein köstliches, schweres, geschmolzenes Feuer ließ sie schreiend kommen. Alex Körper pulsierte und schlug Wellen, ihr Kanal verengte sich um seinen Schwanz, sein Name kam ungebeten von ihren Lippen.

Im nächsten Moment spürte sie, wie Cam zuckte und in ihrem Körper kam, sie spürte die willkommene Hitze seines Spermas, das ihren Körper füllte. Er kam in harten Stößen und fluchte bei seiner Erlösung.

Alex ließ sich mit ihrem ganzen Körper auf das Bett fallen, nicht mehr in der Lage sich noch für einen weiteren Moment halten zu können. Cam zog sich zurück und ließ sich murmelnd auf sie fallen, dann rollte er sich auf die Seite. Er nahm ihr Haar und schob es aus ihrem Nacken und schlang einen dicken, muskulösen Arm um ihre Taille und zog sie beide zusammen, Haut an Haut, von Kopf bis Fuß. Sie schaute nach unten auf Cams unverkennbare Tattoos und dachte daran, wie bekannt sie ihr vorkamen, obwohl ihre Beziehung mit Cameron noch so frisch war.

„Das war wirklich ... etwas", seufzte Alex und fühlte sich völlig sicher, geschützt und geliebt.

„Warte einfach, bis ich mich wirklich entschuldige", sagte Cam. Sie konnte das Lächeln in seiner Stimme hören. „Ich habe das hier zwischen uns fast kaputt gemacht, ich war einfach ein Idiot und habe Wyatts Rat angenommen."

„Du warst schrecklich", gab Alex zu.

„Ich lasse dich nicht aus dem Bett, ehe ich das nicht alles wieder gut gemacht habe", versprach Cam.

Alex hatte nicht den leisesten Zweifel daran, dass er seine Worte wahr machen würde. Stattdessen erkannte sie, dass es sich natürlich anfühlte, Cam zu vertrauen. Angeboren sogar.

Als er sein Gesicht auf die Rückseite ihres Nackens drückte, fühlte sich sein Atem kühl auf ihrer nackten Haut an und Alex hatte plötzlich ein merkwürdiges Gefühl.

Plötzlich, zum ersten Mal seit vielen Jahren fühlte Alexandra Hansard sich, als wenn sie wirklich wahrhaftig *zu Hause* war.

15
―――

„Ich muss zugeben, das hier fühlt sich ein wenig verdächtig an", sagte Gregor, als er sich zu Alex und Cam an den Tisch im vietnamesischen Restaurant setzte, das Alex ausgesucht hatte. Gregor war heute lässig angezogen, bemerkte Alex. Er trug ein Buttondown Hemd und Jeans und sah aus, wie ein schöner Alpha Erbe auszusehen hat.

Alex und Cam hatten fast eine Woche im Bett in ihrem neuen Haus verbracht, sie waren höchstens zum Duschen aufgestanden und für den chinesischen Lieferdienst, aber dann hatten sie sich darauf geeinigt, dass sie damit beginnen sollten ein paar Teile ihres neuen Lebens zusammenzufügen.

Alex schaute zu Cam herüber, betrachtete gründlich den Körper ihres Partners und biss sich auf ihre Lippe, als ihr wieder ein Bild von ihnen beidem im Bett zusammen einfiel.

Cam räusperte sich und runzelte die Stirn und nickte Alex' Bruder zu.

Okay. Wir sind aus einem Grund hier, ermahnte Alex sich. Sie unterdrückte ein Lachen wegen ihrem vor Sex benebelten Gehirns und kam wieder zum Punkt zurück.

„Willst du etwas trinken?", fragte Alex und versuchte den besten Weg zu finden, um ihrem Bruder die großen Neuigkeiten mitzuteilen. Sie hatte sich verschiedene Theorien ausgedacht in den letzten zwei Tagen, aber keine davon schien richtig, jetzt wo sie ihm gegenüber saß.

„Brauche ich einen Drink für diese

Neuigkeiten?", fragte Gregor und warf Cam einen Blick zu.

„Sag's ihm einfach, Alex", seufzte Cam und schüttelte seinen Kopf und streckte sich wie eine zufriedene Katze auf seinem Stuhl.

„Na ja ... du kennst mein Projekt, die Kampagne, die ich beim Alpharat durchkriegen will?", sagte sie und druckste ein wenig herum.

„Natürlich", sagte Gregor nüchtern.

„Das muss ein wenig warten", sagte sie und fuhr mit einer Fingerspitze dem weißen Papier auf dem Tisch nach.

„Ist das so?", fragte Gregor und warf ihr einen berechnenden Blick zu.

„Ja. So ungefähr ... neun Monate?", sagte Alex und hob ihre Augen in einem schüchternen, schon fast koketten Blick.

Sie konnte sehen, wie es in Gregors Kopf arbeitete, sah, wie er die Puzzlestücke zusammenfügte.

„Neun –", begann er und hielt inne. Sein Blick wurde todernst. „Versuchst du mir zu sagen, dass du schwanger bist, Alexandra?"

Alex konnte nicht anders und ein Grinsen breitete sich auf ihrem Gesicht aus.

„Das bin ich", gab sie zu.

Zu ihrer völligen Überraschung warf Gregor seinen Kopf zurück und lachte tief und kehlig. Er schüttelte seinen Kopf und fuhr sich mit einer Hand über sein Gesicht und drehte sich zu Cam.

„Du Mistkerl. Du hast dein Alphaproblem ja ganz gut gelöst oder?", fragte Gregor. Er hörte sich überhaupt nicht wütend an, nur amüsiert.

„Was meinst du?", fragte Cameron.

„Gott, wisst ihr es etwa nicht?", seufzte Gregor. „Mein Vater hat vor ein paar Tagen zwei Erklärungen abgegeben. In der einen hat er Alex als eines seiner Kinder anerkannt."

Gregor warf Alex einen bedeutsamen Blick zu, sogar als Cam interessiert seinen Kopf neigte.

„Und die Zweite?", fragte Alex.

„Das erste seiner Kinder, das ihm ein Enkelkind beschert, wird sein Erbe. In deinem Fall Alex, würde das Cameron zum nächsten Alpha des England Clans machen."

„Was?", riefen Alex und Cam gleichzeitig und laut genug, dass andere Restaurantbesucher sie anstarrten.

Gregor zuckte nur mit den Schultern und lehnte sich in seinem Sitz zurück, ein Grinsen auf den Lippen.

„Ich dachte, du wärst der Erbe vom England Clan", erwiderte Cam und schaute Gregor aufmerksam an.

„Na ja ... ich habe vielleicht meinem Vater kürzlich von einigen meiner ... Neigungen erzählt. Ich habe erkannt, wenn ich mit meiner sexuellen Vorliebe an die Öffentlichkeit gehe, dann werde ich viel Streit mit unserem Clan haben. Wenn nicht, dann habe ich eine weibliche Partnerin am Hals, und zwei Menschen würden eine Lüge leben. Das ist es nicht wert. Ich will mein Leben frei leben", erklärte Gregor. „Jetzt wo ich wegfalle, muss mein Vater einige drastische Entscheidungen treffen."

„Gregor, es tut mir so leid", sagte Alex und ihre Freude verflog.

„Nein, nein. Es tut mir wirklich nicht leid. Es ist besser so. Jetzt kann ich jemanden finden, der zu mir passt, anstatt mich mit einem alten Drachen zu paaren, der einen Bart braucht", sagte Gregor und wedelte abweisend mit seinen Fingern. „Und ich kann auch endlich Pastell tragen."

Cam lachte und Alex drehte sich mit weiten Augen zu ihm hin.

„Ist das etwas, was dich interessieren würde?", fragte sie ihren Partner.

„Vielleicht", sagte er und zuckte mit den Schultern. „Wir müssen darüber sprechen und entscheiden, was das Beste für uns ist."

„Ihr beide seid bereits ein langweiliges, altes Pärchen", stöhnte Gregor. Er drehte sich nach dem Kellner um und rief: „Können wir wenigstens einen Pho bekommen? Die beiden hier töten meinen Nerv."

„Na ja, das kommt unerwartet", sagte Alex und nahm einen Schluck von ihrem Thai Eistee.

„Du musst gerade reden", antwortete Gregor. „Wo wir gerade davon sprechen, wann kommt denn mein Neffe oder meine Nichte?"

„Wir haben noch Zeit", versicherte Alex ihrem Bruder. „Jede Menge Monate für dich und Bette, damit ihr meine Babyshower planen könnt."

Alle lachten und Alex entspannte sich. Unter dem Tisch griff Cam nach ihrer Hand und drückte sie fest. Sie warf ihm einen glücklichen Blick zu und erkannte, dass sich alles in ihrem Leben zusammenfügte.

„Warte, bis wir das meinen Eltern sagen", sagte Cam. „Meine Mutter wird total aus dem Häuschen sein. Wenn du schon vorher ihre Träume erfüllt hast, dann wirst du sie jetzt umbringen und sie direkt in den Berserker Himmel schicken."

„Vielleicht morgen. Ich habe schon genug Aufregung für einen Tag gehabt", seufzte Alex. „Für heute ist es genug."

Und das war es wirklich.

SCHNAPP DIR EIN KOSTENLOSES BUCH!

MELDE DICH FÜR MEINEN NEWSLETTER AN UND ERFAHRE ALS ERSTE(R) VON NEUEN VERÖFFENTLICHUNGEN, KOSTENLOSEN BÜCHERN, RABATTAKTIONEN UND ANDEREN GEWINNSPIELEN.

kostenloseparanormaleromantik.com

BÜCHER VON KAYLA GABRIEL

Alpha Wächter Serie

Sieh nichts Böses
Hör nichts Böses
Sprich nichts Böses
Überfall der Bären
Bärrauscht
Bär rührt

Red Lodge Bären

Josiah's Anordnung
Luke's Besessenheit
Noah's Offenbarung
Alpha Wächter Sammelband
Gavin's Erlösung

ALSO BY KAYLA GABRIEL

Alpha Guardians

See No Evil

Hear No Evil

Speak No Evil

Bear Risen

Bear Razed

Bear Reign

Alpha Guardians Boxed Set

Red Lodge Bears

Luke's Obsession

Noah's Revelation

Gavin's Salvation

Cameron's Redemption

Josiah's Command

Finn's Conviction

Wyatt's Resolution

Werewolf's Harem

Claimed by the Alpha - 1

Taken by the Pack - 2

Possessed by the Wolf - 3

Saved by the Alpha - 4

Forever with the Wolf - 5

Fated for the Wolf - 6

Winter Lodge Wolves

Howl

ÜBER DEN AUTOR

Kayla Gabriel lebt in der Wildnis Minnesotas, wo sie, das schwört sie, Gestaltwandler in den Wäldern hinter ihrem Garten sieht. Ihre liebsten Sachen auf der ganzen Welt sind Mini-Marshmallows, Kaffee und wenn Leute ihren Blinker benutzen.

Tritt mit Kayla via E-Mail in Kontakt: kaylagabrielauthor@gmail.com und vergiss nicht, dir ihr KOSTENLOSES Buch zu sichern: http://kostenloseparanormaleromantik.com

http://kaylagabriel.com

www.ingramcontent.com/pod-product-compliance
Lightning Source LLC
LaVergne TN
LVHW011814060526
838200LV00053B/3776